개와
하모니카

犬とハモニカ
by Kaori Ekuni

Inu to Hamonika contains six short stories
"Inu to Hamonika", "Shinshitsu", "Osonatsu no Yūgure", "Picnic", "Yūgao", "Alentejo"
Copyright ⓒ 2012 by Kaori Ekuni
First published in Japan in 2012 by SHINCHOSHA Publishing Co., Ltd., Tokyo
Korean translation rights arranged with Kaori Ekuni
through Japan Foreign-Rights Centre/ Shinwon Agency Co.

개와 하모니카

펴 낸 날	|	2018년 6월 30일 초판 1쇄
		2018년 7월 25일 초판 2쇄
지 은 이	|	에쿠니 가오리
옮 긴 이	|	신유희
펴 낸 이	|	이태권
책임편집	|	김준균
책임미술	|	양보은
펴 낸 곳	|	(주)태일소담
		서울특별시 성북구 성북로8길 29 (우)02834
		전화 | 02-745-8566~7 팩스 | 02-747-3238
		등록번호 | 1979년 11월 14일 제2-42호
		e-mail | sodambooks@naver.com
		홈페이지 | www.dreamsodam.co.kr
ISBN		979-11-6027-035-8 03830

이 도서의 국립중앙도서관 출판시도서목록(CIP)은 서지정보유통지원시스템 홈페이지
(http://seoji.nl.go.kr)와 국가자료공동목록시스템(http://www.nl.go.kr/kolisnet)에서
이용하실 수 있습니다.(CIP제어번호: CIP2018014671)

• 책값은 뒤표지에 있습니다.
• 잘못된 책은 구입하신 곳에서 교환해드립니다.

개와 하모니카

犬とハモニカ

에쿠니 가오리 지음

신유희 옮김

소담출판사

차례

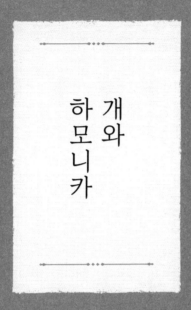

개와
와
하 모
니
카

아릴드는 평소 엎드려서 잠을 잔다. 얼굴은 오른쪽 뺨을 베개에 댄 채 왼편을 향하고, 양 팔꿈치를 몸에 붙여 굽히고 손은 양쪽 모두 가슴 밑에 깐다. 오른쪽 다리는 아래로 쭉 펴지만 왼쪽 다리는 허리까지 무릎을 쭉 끌어올리고 무릎 아래로는 저절로 힘이 빠져서 오른쪽 다리와 평행이 된다.

다른 자세를 시도해본 적도 있지만 자는 동안 어느새 그 자세로 돌아가버린다. "덩치 큰 아기 같은 모습으로 자던데?" 대학에 들어가자마자 사귀다가 석 달 만에 헤어진 여자친구는 그렇게 말하며 웃었다. 사실 아릴드는 갓난아기 때부터 그런 자세로 잤기 때문에 여자친구의 지적은 우연히도 정확했지만, 물론 아릴드 본인은 갓난아기 때를 기억하지 못한다. 아릴드로서는 어떤 모습으로 잠을 자든 편하면 그뿐이고 편안함이란 다시 말해 엎드리는 것이었다.

지금처럼 그런 자세가 여의치 않을 경우에는 차선책으로서 옆으로 (당연히 오른쪽이 밑으로 가게) 누워 빳빳한 담요를 턱밑까지 끌어올리고 그 밑에서 두 다리를 나란히 구부린 채 어떻게든 의식이 흐릿해져서 잠 비슷한 것에 빠져들기를 기다리는 수밖에 없다. 그리고 그렇게 해도 안 될 때는 포기한다.

팔걸이에 달린 버튼을 더듬더듬 찾아서 독서등을 켰다. 눈이 전등 불빛에 익숙해지기를 기다렸다가 몸을 일으켰다. 이렇게 좁은 데서 다들 용케 잠을 자는구나, 하고 아릴드는 생각했다. 너무 조용해서 혹은 너무 어두워서 엔진 소리가 귀에 들어왔다.

이어폰을 귀에 꽂고 미국의 히트송이 나오는 채널에 맞췄다. 하도 읽어서 등이 하얗게 꺾인 가이드북을 아릴드는 펼쳤다.

일본에 가는 건 처음이었다. 얼마 전까지만 해도 어디 있는 나라인지조차도 알지 못했다.

아들이 고작 일 년 만에 대학을 자퇴해버렸을 때도, 만난 지 얼마 안 된 여자—스웨덴에서 온 여행객—와 약혼—나중에 백지로 돌렸다―했을 때도 놀라지 않던 부모님은 이번에도 놀라지 않았다. 아들인 자신을 그만큼 신뢰하는 거라 여기고 싶지만, 실제로는 어디에도 안착하지 못하는 아들에게 반은 기가 차고 반은 익숙해졌기 때문이라는 걸 아릴드도 잘 안다. 어릴 때부터 늘 어딘가에 자리를 잡는 것에 서툴렀다. 성적이 나쁜 것도 아닌데 초등학교를 일 년, 고등학교를 이 년 더 다니는 신세가 되었던 것도 그 때문이었다.

사회인 자원봉사자. 그것이 아릴드가 응모한 프로그램으로 구체적으로는 스키를 가르치는 일이었다. 스키 강습 및 지역 주민과의 교류. 베로니카―스웨덴 여자친구 이름으로, 결혼은 없던 일이 됐지만 친구로서 지금도 이메일을 주고받는다―조차 "너한테 딱 맞는 직업인 것 같아"라는 메일을 보내왔다(그 끝에 "무보수 일도 직업이라고 할 수 있다면"이라고 덧붙인 건 그야말로 현실주의자인 베로니카다웠지만).

무보수라고는 해도 항공료만 자비 부담이고 연수 기간을 포함한 5개월분의 체재비와 생활비까지 지급된다. 게다가 인생이란 돈을 버는 것이 전부는 아니잖냐고 아릴드는 생각한다.

연수는 도호쿠 지방의 야마가타에서 이루어지고, 그 뒤에도 듣자하니 눈이 많이 내린다는 도호쿠 지방 어딘가에서 봄까지

지내게 되어 있다. 하지만 그 전에 며칠 동안 도쿄에 머물면서 관광을 할 예정이다. 일본. 도쿄. 가슴 설레는 단어가 아닌가. 창문 덮개를 겨우 2센티미터쯤 살짝 올렸을 뿐인데 냉기가 느껴졌다. 윗몸을 웅크리고 그 틈새로 내다보았지만 그저 안개 같은 게 하얗게 흐르고 있을 뿐이었다.

창문 덮개를 도로 내리고, 될 수 있는 한 소리 나지 않게 조심하면서 아릴드는 옆자리 승객을 타 넘고 통로로 나섰다. 갑갑해서 더 이상 앉아 있을 수가 없었기 때문이다. 목을 이리저리 돌리고 몸을 굽혔다 폈다 했다. 그러고 나서 통로를 오락가락했다. 목적도 없이, 천천히. 자칫 잘못해서 등받이를 잡아버리면 좌석이 흔들리기 때문에 손이 닿지 않도록 조심했다. 희한하게도 통로쪽 승객들은 모두 자고 있는 것 같았다. 영화도 없고 컴퓨터도 없었다. 그렇게 좌우를 살피며 어두운 통로를 걷고 있으려니 아릴드는 문득 자신이 객실 승무원이 된 듯한 기분이 들었다.

햄!

퍼뜩 생각이 나서 겐지는 순간적으로 액셀을 풀었다. 집에서부터 족히 십 분은 달려왔다. 그걸 가지러 다시 집에 간다면 삼십 분이 날아간다. 오후 2시. 아내와 딸을 태운 비행기는 나리타공항에 오후 4시 15분 도착 예정이고, 짐을 찾고 세관을 거치는 데 드는 시간을 고려하면 도착 게이트에서 나오는 건 아무리 빨라도 4시 반, 게다가 아무래도 실제로는 좀 더 늦춰질 터이니 지금 집에 돌아가도 시간은 맞출 수 있다.

망설인 건 한순간이었다. 햄은 딸이 좋아하는 봉제 인형으로, 이번 여행에도 데려가겠다고 아이가 고집을 부렸지만 일 미터는 될 만큼 큼직한 물건이어서 포기시키는 수밖에 없었다. "햄은 잘 있어? 밤에는 꼭 침대에서 재워줘야 해." 딱 한 번 걸려온 국제 전화에서도 딸은 그렇게 말했다. '밤에는'이 아니라 그때 이후로 내내 침대에 눕혀두었지만, 침대가 아니라 자동차 뒷좌석에 그대로 놓아뒀어야 했다. 일주일 전, 아내와 딸을 공항에 데려다주러 갈 때 이 차에 실었던 것이다. 밤에는 잊지 않고 침대에서 재워주겠다, 라는 딸과의 약속을 착실하게(어쨌거나 절반은) 지킨 결과가 이 꼴이었다.

방향지시등을 켜고 일단 옆길로 차를 빼서 오던 길을 되돌아 집으로 향했다. 설령 좀 늦어지더라도 딸을 실망시키는 것보다는 낫다.

근속 15년 휴가를 받게 된 아내가 대학 시절 유학한 시애틀에 가보고 싶다고 말했을 때 겐지는 물론 다녀오라고 대답했다. 설마 딸까지 데려갈 줄은 몰랐기 때문이다. 하지만 마리—아내의 이름이다—는 한사코 딸을 데려가겠다고 했다. 딸에게 보여주고 싶다는 것이었다. 예전에 자신이 살았던 나라와 거리와 사람들을. 그 반대겠지, 하고 겐지는 생각했다. 시애틀인지 어딘지는 모르겠지만 아무튼 그 거리에 사는, 겐지를 만나기 전의 자신을 알고 있는 사람들에게 딸을 보여주고 싶은 거겠지, 하고.

아내가 이혼하고 싶다는 말을 꺼낸 건 일 년 전이었다. 겐지로서는 그야말로 날벼락 같은 이야기였다. 바람을 피웠다거나 폭력을 휘둘렀다거나 섹스리스라거나, 뭔가 납득할 만한 이유가 있다면 몰라도, 아무 일도 없었는데 그냥 일방적으로 당신이라는 인간을 더 이상 견딜 수 없다는 것이었다. 당연히 겐지는 거부했다. 자신에게 잘못이 없는데 괜히 시달릴 이유가 없다.

집 앞에 차를 세우고 딸 방으로 뛰어올라가 인형을 품에 안았다. 아내가 노상 빨아대다 보니 인형에서 세제 냄새가 났다.

겐지는 가족을 소중히 여기며 살아왔다. 주위 사람 누구를 붙잡고 물어도 그런 말을 들을 자신이 있었다. 외국계 금융회사에 근무하는 아내와, 세무사로서 개인사무실을 갖고 있는 겐지는 경제적으로도 안정되어서 매년 여름이면 바다며 산으로 딸을 데려가고 한 달에 한 번은 부모님께 딸을 맡기고 아내와 단둘이

외식도 하는 등 마음을 써왔다. 아내와 딸이 해외여행을 나가면 배웅도 하고 이렇게 마중도 나가준다.

인형을 뒷좌석에 던져 넣고 탁 소리 나게 문을 닫았다. 운전석으로 돌아와 안전벨트를 매는 중에 입술 사이로 쓴웃음이 비어져 나왔다. 얼마 전에 아내가 자신에게 했던 말이 생각났기 때문이다. "이를테면, 돼지 인형에 햄이라는 이름을 지어주는 당신의 그로테스크함이 난 싫어."

나는 아무 잘못도 없어. 그동안 수도 없이 해온 생각을 겐지는 다시 마음속으로 중얼거린다. 거의 주문처럼. 하지만 아내와의 관계는 이미 회복 불가능한 지경까지 와 있다─아니, 그렇다기보다 이제는 솔직히 회복하고 싶은지 어떤지 자기 자신도 알 수 없게 돼버렸다─는 건 알고 있었다. 아내에게 이번 여행이 단순한 휴가 여행이 아니라 결단을 내리기 위해 필요한 준비, 혹은 그녀의 등을 떠밀어줄 무언가를 필사적으로 찾기 위한 여행이라는 것도.

날이 흐리다. 아까까지 엷은 햇살이 비쳤는데. 지금 시각은 2시 27분. 비행기 도착 시간 전까지는 여유 있게 가지 싶다.

자려고 해도 통 잠이 오질 않더니 뒤늦게 착륙 한 시간쯤 전에야 졸음이 밀려왔다. 거의 수직으로 세워놓은 좌석 등받이를 다시 눕히기도 번거로워서 스미코는 그대로 눈만 감았다. 기내에는 조금 전에 나눠준 가벼운 음식, 아니 음식이라기보다 데운 용기 자체에서 나는 냄새가 아직 떠돌고 있었다. 평소 같으면 불쾌했을지도 모를 그 냄새가 묘한 편안함으로 자신을 감싸는 것을 스미코는 꾸벅꾸벅 졸면서 느꼈다. 어렸을 때의 아침나절 같네, 하고 생각했다. 자신이 부엌에 나가지 않아도 다른 누군가가 밥상을 차려주고, 부탁하지 않아도 뒷정리를 해주는. 턱, 하고 건조한 소리를 울리며 어딘가에서 창문 덮개 하나가 올라갔지만 이미 스미코 귀에는 그 소리가 들어오지 않았다.

눈을 떴을 때는 착륙 순간이었다. 기체가 흔들리면서 몸에 그 충격이 전달됐다. 바퀴가 활주로를 구르는 큰 소리가 울리고 창밖은 흐린 회색빛의 나리타공항이었다.

아이고, 이런! 스미코는 창문에 달라붙어 평평한 콘크리트 공간과 리프트 달린 작업 차량을 바라보았다. 조금 더 높은 하늘에서 일본을 내려다보고 싶었던 것이다. 서서히 육지로 다가가는 느낌을 맛볼 생각이었다.

벌써 도착해버렸네. 스미코는 마음속으로 혼잣말을 했다. 다른 승객들이 분주히 내릴 채비를 하고 있었다. 안전벨트를 풀고,

머리 위 선반에서 짐을 꺼내고. 스미코는 아직 그대로 담요를 덮고 있었다. 답답해서 안전벨트는 풀었지만 기내 비품인 양말과 슬리퍼를 신은 채 마치 내리고 싶지 않은 사람처럼 그냥 가만히 앉아 있었다.

딱히 내리고 싶지 않은 건 아니었다. 서두를 이유가 없었을 뿐이다. 3년 전에 입주한 고령자 대상 맨션은 나름대로 쾌적하기는 해도 돌아가 봐야 아무도 없다.

런던에서는 여기저기에 데려가주었다. 미술관이라든지 펍(pub)이라든지 극장이라든지. 백화점에서 쇼핑도 했고, 손녀들이 다니는 유치원에도 갔다. 때마침 아이들의 아트 페스티벌이라는 것이 열리는 날이었던 것이다. 스미코가 본 바로는 그림과 만들기 전시회, 노래와 연극 발표회, 거기에 피크닉을 섞은 행사 같았다. 조안나와 에이미─스미코의 손녀들 이름으로 두 아이는 쌍둥이다─는 둘 다 초콜릿 요정이라는 것으로 분장한 탓에 온통 갈색 발레리나 같은 차림을 하고 한마디씩 대사를 했다.

영국 남자와 결혼한 딸이 개와 쌍둥이와 함께 살고 있는 교외의 집은 넓지는 않지만 정원도 있고 손님용 침실에서 그 정원이 내려다보였다. 두 번째 방문이기도 해서 스미코는 마음 편히 머물다 올 수 있었다. 자동차나 버스를 타지 않으면 슈퍼마켓에도 갈 수 없는 점은 불편했지만, 그런 곳이어서 특히 조용하고 치안도 좋다는 이야기였다.

딸 가족은 스미코를 아주 반갑게 맞아주었다. 영국인 사위는 일본 말을 못하지만, 어머니, 고맙습니다, 좋아요, 안녕히 가세요, 라는 말만은 알고 있어서 기회 있을 때마다 그 말을 입에 올렸다. 조안나와 에이미도 제 아빠를 따라 어설픈 발음으로 스미코를 '오머니'라고 불렀다. 오머니. 스미코는 자신이 오머니라는 이름을 지닌 전혀 다른 사람이 된 것 같은 기분이 들었다.

하지만 그런 일들은 기내 통로에 사람들이 줄줄이 서 있는 지금, 누군가 다른 사람에게 일어난 일처럼 느껴졌다. 혹은 거짓말처럼. 사실은 어느 누구에게도 일어나지 않았던 일처럼.

스미코는 슬리퍼와 양말을 벗고 자신의 구두를 신었다. 자리에서 일어나 느릿느릿 담요를 접었다. 영국 시간으로 맞춰놓은 손목시계를 보며 일본 시간을 계산해 보니 오후 4시 5분이었다. 정각에 도착했네.

"미안하지만, 저 짐 좀 내려줄래요?"

정장을 입고 팔에 코트를 걸친, 문이 열리고 줄 선 사람들이 줄어드는 것을 기다리기가 답답한 기색인 일본인 남자에게 스미코는 말했다. 나이 들어서 좋다 싶은 일은 별로 없지만 남에게 뭔가를 부탁하기가 쉬워졌다는 게 좋은 점이라면 뭐, 좋은 점이었다.

"고마워요."

생긋 웃으며 스미코는 말했다. 영국인은 '땡큐'라고 말하면 '웰컴'이라든가 뭐라든가―웰컴과 똑같은 뜻을 지닌 말을 이번 여행에서 또 하나 외웠는데 깜빡 잊어버렸다―반드시 대꾸를 해주는데 일본인은 말이 아까워서 입을 안 뗀다니까, 하고 생각하다가 고작 2주 동안, 평생에 두 번 해외여행을 했을 뿐인데 그런 생각을 하는 자신이 외국물 꽤나 먹은 사람처럼 구는 것 같아 우스웠다.

이상한 아이다.

엄마 손을 잡고 입국심사대 앞에 줄을 서 있으면서 가온은 옆줄의 남자아이를 물끄러미 바라보았다. 그 남자아이가 실제로 '이상한' 게 아니라는 건 가온도 알고 있었다. 나이는 아마 자신과 같거나 한 살 정도(가온은 일곱 살이다) 많아 보인다. 바스락거리는 소재의 파란색 스포츠코트를 입고 마리너스 야구 모자를 쓰고 있었다. 어떻게 그게 마리너스 모자인 줄 알았는가 하면 가온도 어제―아니, 그저께라고 해야 하나, 비행기 안에서 잤으니까? 아무튼 돌아오기 전날 오후에―그 구단의 기념품 가게에 따라갔다가 하마터면 그 모자를 살 뻔했기 때문이다. 가온은 "필요 없어"라고 말했다. 가온이 다니는 초등학교에도 야구 모자를 쓴 아이들이 몇 명 있지만 모두 남자아이였기 때문이다. "잘 어울리는데"라고 엄마는 말했다. "멋있잖아, 이치로하고 커플이야"라고.

옆줄에 서 있는 남자아이에게 만약 좀 이상한 점이 있다고 한다면, 그 애 가족이 하나같이 커다란 목소리의 소유자라는 것과 하나같이 짐이 엄청나게 많다는 것이었다. 남자아이를 제외한 모두가—엄마와 둘이서만 여행하는 가온과는 달리 그 아이네는 대가족이 다 함께 여행에 나선 것 같았다. 부모와 조부모, 게다가 친척인 듯한 키 큰 남자까지 다 같이—가방 외에 종이백이며 비닐봉지, 끈으로 묶은 상자 같은 걸 들고 있었다(심지어 키 큰 남자는 그 밖에도 테니스라켓 두 개를 옆구리에 끼고 있었다).

하지만 그런 여러 가지 것들이 남자아이 탓은 아니라고 가온은 생각했다. 어린아이는 가족을 선택할 수 없으니까. 이상한 애다, 라고 생각하며 모르는 아이를 물끄러미 쳐다보는 건 이를테면 가온의 버릇이었다. "관심 있구나?" 언젠가 엄마가 그렇게 말했다. "아마 자기랑 같아 보이나 봐." 엄마가 아빠에게 그렇게 하는 소리를 들은 적도 있다. 하지만 가온의 '느낌'을 말하자면 오히려 반대였다. 다르다고 여기는 것이다. 나와는 다르구나, 하고. 분명 어른들 눈에 어린아이는 어린아이라는 것만으로 같은 종류의 생물로 보이리라는 건 가온도 이해할 수 있었다. 하지만 가온에게—어른들에게는 정말 미안한 일이지만—어른들은 숫자에 포함되지 않는다. 그럴 수밖에 없는 게—라고 가온은 생각하는데—세상에는 어른이 너무 많다. 온통 어른투성이라고 해도 좋을 정도다. 그 많은 어른들을 전부 숫자에 넣었다가는 뭐가 뭔지 알 수 없게 되어버린다.

　줄 선 사람들이 점점 앞으로 나아갔다.

　"아빠, 나왔을까?"

　가온은 엄마에게 물었다. 아빠가 차로 데리러 오기로 한 것이다. 햄과 함께. 햄은 가온이 좋아하는 돼지 인형으로, 실은 미국에도 데려가고 싶었지만 너무 크다는 이유로 데려가지 못했다. 아무튼 햄은 가온보다 크다. 등신대 인형인데, 등신대라는 건 진짜와 크기가 똑같은 것을 가리키는 말이라고, 햄을 샀던 날에 설명 들었다. "하지만 누구랑 똑같은 크기야?" 돼지에도 큰 것과 작은 것이 있을 거란 생각에 가온은 그렇게 물었지만, 확실한 것은 아빠도 엄마도 알지 못했다.

　"나오긴 했을 텐데."

엄마가 대답했다.

"비행기가 예정보다 빨리 도착해서 어쩌면 우리가 좀 기다려야 할지도 모르겠다."

라고.

우리 앞에 이제 두 사람 남았네, 하는 참에 새로운 비행기가 도착했는지 사람들이 우르르 들어왔다. 가온은 뒤돌아 그 사람들을 바라보았다. 잇달아 들려오는 발소리, 조금이라도 짧은 줄에 붙으려고 뿔뿔이 흩어져서 줄을 서는 사람들. 한 할머니와 눈이 마주쳤다. 새하얀 머리에 보라색이 군데군데 보이는 자그마한 할머니다. 어른들은 대개 가온과 눈이 마주치면 빙긋 웃거나 아니면 못 본 척 고개를 돌린다. 하지만 이 할머니는 두 가지 다 하지 않고, 옆줄―그 남자아이와 같은 줄이다. 한참 뒤쪽이지만―에 와서 선 뒤에도 가온에게 시선을 딱 고정하고 있었다. 가온도 눈을 돌리지 않았다. 금세 순서가 되어서 담당자가 있는 부스로 들어가야 했는데 뒤를 돌아보자 할머니가 아직도 자신을 보고 있었다. 싫은 느낌도 으스스한 느낌도 들지 않았지만 어쩐지 이상했다. 저런 식으로 남을 물끄러미 쳐다보는 건 어린 아이들만 하는 거 아닌가. 나처럼 작고 나이 어린 아이들에게만 허락되는 행위일 텐데.

"왜 그래? 가야지."

목소리와 동시에 엄마 손이 가온의 머리 위에 놓였다. 가온은 다시 앞을 바라보고 부스 옆의 통로를 지나갔다. 그러자 그곳은 건물 2층이었는데 투명한 펜스 너머로 1층이 내려다보이고 사람들이 우글우글했다.

일곱 살이나 여덟 살. 스미코는 여자아이의 나이를 그렇게 짐작했다. 울거나 토라지는 일도 없고, 까불며 뛰어다니거나 신경질을 내며 괴성을 지르지도 않았다.

옳거니, 저 정도 나이가 되면 해외여행을 해도 되는구나. 스미코는 생각했다. 스미코의 쌍둥이 손녀들은 아직 한 번도 일본에 와본 적이 없었다. 딸 나오는 출산 후에도 여러 번 친정 나들이를 했는데. "애들도 데려왔으면 좋았잖니. 나는 유타카나 네가 아직 갓난아이였을 때도 안고 업고 침대차로 가나자와의 네 할아버지 집에까지 갔었는데." 작년에 귀국한 딸에게 자신이 그렇게 말했던 것을 스미코는 기억하고 있지만, 이번에 조안나와 에이미와 2주 동안—호수 지방을 둘러본 짧은 여행은 나오와 둘이서만 다녀왔기 때문에 정확히 말하면 열흘 동안이지만—같이 지내보니 아무래도 긴 여행은 아직 힘들겠다고 인정하지 않을 수 없었다.

에이미는 걸핏하면 울음을 터뜨리고 조안나는 노상 짜증을 부렸다. 그것이 서로에게 전염되는 탓에 소동이 곱절로 커지는 것이다.

방금 본 여자아이는 그런 게 전혀 없었다. 조안나와 에이미는 지금 다섯 살이니까 저 아이가 여덟 살이라고 해도 앞으로 3년, 일곱 살이라면 앞으로 2년一. 혼자 계산을 해보고 스미코는 오히려 섬뜩해졌다. 겨우 그만한 시간에 저렇게 커버린다고? 저 아이는 잼 발린 쿠키를 먹어도 손이나 얼굴에 치덕치덕 묻히지 않을 것이다. 끈적끈적해진 제 손이며 얼굴을 개한테 핥으라고 하고서 간지럽다고 몸을 비비 꼬며 웃어대지도 않을 것이다(티 한 점 없이 기쁨에 찬, 그 요란한 웃음소리). 할머니의 손이 아니라 손가락을 잡고 걷거나, 초콜릿 요정의 대사를 할머니도 외우게 하겠다며 거듭거듭 귀에 대고一양쪽에서一속닥거리지도 않을 것이다. "오모니에게 바이바이 해야지."라는 제 엄마 말에 눈물이 그렁그렁한 채 분연히 "노!"라고 대답하는 일도 없을 것이다.

감상적인 기분에 휩싸인 채 담당관에게 여권을 내밀자 사진과 얼굴만 대충 대조하고는 이내 스탬프를 찍어주었다. 스미코는 살짝 맥이 빠졌다. 도항 목적 정도는 좀 물어봐주면 좋잖아, 하고 생각했다. 그랬으면, "손주를 만나러 갔다 왔어요"라고 대답했을 텐데. 쌍둥이예요, 하고. 영국 공항에서 질문 받았을 때는 거의 아무 대답도 하지 못했다. 영어였기 때문이다. 하지만 이곳은 이제 일본이니까 뭘 묻든 자신 있게 대답할 수 있다. 스미코는 한 일자로 입을 꾹 다문 채 통로를 지나 계단을 내려가면서 빠르게 주위를 훑었다. JL402편의 짐은 어떤 레인에서 나오는 걸까.

저기다, 하고 스미코는 재빨리 판단했다. 레인 위의 항공편명 표시를 보고 안 것이 아니라 같은 비행기에 탔던 사람, 아까 스미코의 짐을 선반에서 내려준 무뚝뚝한 남자의 모습을 발견했기 때문이다.

저런, 딱하기도 하지. 스미코는 생각했다. 그리 서둘러 비행기에서 내리더니, 수하물 레인은 아직 움직이지도 않네.

레인에는 가져가는 사람이 없는 짐이 두 개 실려 있을 뿐이고, 그 두 개의 짐이 빙글빙글 몇 바퀴째 돌고 있었다. 아릴드는 천장을 우러러보았다. 이제 틀림없었다. 자신의 짐은 이곳에 오는 동안 어딘가에서—아마도 경유지인 프랑크푸르트에서—미아가 된 것이다. 진짜 재수도 없지. 그런 생각이 들었지만 풀 죽어 있는 것도 우스워서 기분을 바꾸기로 했다. 돈도 여권도 가이드북도 백팩에 다 들어 있다. 잃어버린 짐도 머지않아 발견될 것이다.

옆 레인에는 수많은 사람이 있고 마침 짐이 나오기 시작하는 참이었다. 어린애 같은 생각인 줄 알면서도, 무사히 자기 짐을 가져가는 사람들이 아릴드는 부러웠다.

저만치에 제복 차림의 경비원이 서 있어서 그를 붙잡고 물어봤더니, 플로어 오른편 안쪽을 가리키며 거기 전용 카운터가 있으니 그리 가라고 알려주었다. 경비원은 가까이에서 보니 의외일 만큼 젊어서 피부가 어린아이처럼 희고 매끈했다. 웃음기 하나 없이 아릴드의 얼굴을 쳐다보지도 않고 말하는 통에 어쩐지 무서운 느낌이 들었다. 어쩌면 가라테 달인일지도 모른다고 생각했다. 고맙다고 말하고 카운터를 향해 걸으면서 먼 나라에 왔다는 것을 깊이 실감했다. 공항의 구조는 세계 어디나 비슷비슷하고, 사실 이곳도 아릴드가 잘 아는 북유럽 곳곳의 공항과 큰 차이는 없어 보였다. 하지만 비행기에서 내려 곧바로 느낀 동양적인 냄새는 고향에서 멀리 떠나왔다는 사실을 불안감과 함께 깨닫기에 충분했다.

카운터 안에는 중년 남자가 있었다. 거무스름한 피부에 깊은 주름이 새겨져 있었다. 연습한 일본어―'미안합니다' 혹은 '안녕하세요'―를 써먹어볼까 하고 잠깐 망설였지만, 피곤해 보이는 남자의 표정을 보고 그 생각은 접었다. 짐이 나오지 않는데요, 하고 영어로 말하자 남자는 편명을 묻고 바로 옆에 있는 종이와 시계를 번갈아 보더니 늦게 나오는 경우도 있으니까 다음 편 짐이 나올 때까지 되돌아가서 기다리라고 했다. 그래도 나오지 않으면 다시 한번 이쪽으로 오라고.

"오케이."

아릴드는 대답했다. 따진다고 될 일이 아니었다. 걸음을 옮기며 바지 뒷주머니에서 스누스 캔을 꺼내 하나를 입에 넣었다. 니코틴의 씁쓸한 맛에 마음이 편해지면서 안도감이 온몸에 서서히 퍼졌다. 바로 그때 '젖은 종이다!'라는 생각이 퍼뜩 떠올랐다. 비행기에서 내리자마자 느낀 동양적인 냄새는 젖은 종이 냄새와 비슷했다.

휴대전화를 귀에 댄 채 엔도 신야는 미간을 찌푸렸다. 옆 레인에 있는 대가족이 너무 시끄럽게 떠들어서 녹음 메시지가 잘 들리지 않았기 때문이다. 하긴 신야에게 중요한 인물들은 모두 그가 오늘까지 출장이라는 것을 알고 있어서 전화할 리도 없었기에 녹음된 세 건은 어차피 다 별로 중요하진 않고, 굳이 말하자면 성가신 종류의 연락이었지만.

그나저나 참 시끌벅적한 가족이다. 목청 자체가 큰 할아버지가 화난 투로 '야스오 씨'에 대해 마구 떠들어대는가 하면, 스포츠코트를 입은 초등학생은 카랑카랑한 목소리로 '로저'에 대해 끈질길 정도로 가족 이 사람 저 사람에게 자꾸 묻고, 엄마라는 사람은 어떤가 하면 "고짱, 저거! 저거!"라느니 "여보, 빨리!"라느니, 귀에 거슬리는 달달한 말투로 소리치면서 짐을 가리켰다. 중량 초과가 아닌가 싶을 만큼 짐이 많은 가족으로, 카트 세 개가 이미 가득 차 있었다.

신야는 그 가족에게서 떨어져―그래도 면세점 봉투를 실은 자신의 카트는 그 자리에 그대로 두었다. 짐이 나오는 출구와 가까운, 신야로서는 양보할 수 없는 자리였기 때문에―집에 전화를 걸어 무사히 돌아온 것을 아내에게 알렸다. 회사에 들렀다 가야 하니까 저녁밥은 필요 없다는 것, 하지만 어떻게든 아이들이 잠들기 전에 들어갈 생각이라는 것도. 레인이 움직이기 시작했기 때문에 뒤이어 보낸 문자 메시지는 짤막한 것이 되었다.

나 왔어. 지금 짐 기다리는 중.

메시지를 보내고 일 분도 안 돼 휴대전화가 진동했다.

스미코가 어이없었던 건 남자가 바람을 피우는 것 같아서가 아니었다. 아내 되는 사람에게는 큰일이겠지만 이 남자가 누구와 정을 통하든 스미코는 아무 상관없었다. 정신이 나갔구나, 하는 생각이 들었던 건 공공장소에서 갖춰야 할 자제력이 결여된 이 남자의 뻔뻔함 때문이었다. 주위에 사람이 이렇게 많은데 자기 목소리가 아무에게도 들리지 않는 줄 아는지. 첫 통화는 무뚝뚝하게 그리고 눈 깜짝할 사이에 끝내버렸으면서 남자는 이제 헤벌레한 얼굴을 하고서 느긋하게 맞장구를 치고 있었다. 물론 스미코에게는 상대방의 목소리가 들리지 않았지만 남자가 하도 곧이곧대로 대답하는지라 대화 내용이 쉽게 짐작됐다. 이를테면 전화기를 들자마자 축축한 목소리로 거들먹거리면서 "그럼, 잘 다녀왔지"라고 중얼거린 것은 상대의 첫마디가 "잘 다녀왔어요?"였기 때문일 테고, 뒤이어 그야말로 신이 나서, 그래도 일단 나지막한 음성으로 "나도야"라고 대답한 건 보고 싶었다느니 외로웠다느니 하는 말을 들었기 때문임을 짐작할 수 있었다. "일곱 시였지? 응, 그 안에 갈 수 있을 거야, 바람같이 달려갈 테니까" 하면서 손목시계를 들여다본 것은 오늘 밤 약속의 확인일 테고, 느닷없이 웃음소리를 높이며 "바보야, 이렇게 돌아왔잖아"라고 말한 것은 상대가 어리광 섞인 투정을 부렸기 때문이리라.

아주 대놓고 광고를 하네, 한심한 인간 같으니.

스미코는 속으로 혀를 찼지만, 동시에 남자의 얼굴에서 눈을 떼지 못하는 자신을 깨달았다. 저토록 좋아 죽겠는 얼굴이라니―. 아까 기내에서 보았던 부루퉁한 표정의 그 사람과 동일 인물이라고는 생각할 수 없었다. 처음 느꼈던 인상보다 약간 젊은 것 같기도 했다. 사십 대 중반쯤 됐을까. 윤리적으로 옳으냐 아니냐는 둘째치고, 이 남자가 지금 통화하고 있는 여자 덕분에 피가 통하는 인간다운 표정을 되찾은 건 분명했다. 스미코는 남자의 젊음에 살짝 질투를 느꼈다. 오늘 밤 자신을 기다려주는 사람이 이 남자에게는 적어도 두 명이 있는 것이다. 일찍이 누군가에게 필요한 사람이었던 때가 스미코에게도 있었다. 있었지만 그게 어떤 느낌이었는지 생각해보려고 해도 생각나지 않았다.

"죄송합니다."

뒤에서 누군가 말을 걸어오기에 돌아보니 젊은 여자가 서 있었다.

"저어, 잠깐 이 짐 좀 봐주실 수 있을까요? 금방 올게요."

"응, 그래요."

스미코는 대답하고, 유명 브랜드 로고가 전면을 가득 메운 커다란 보스턴백이 실린 카트를 힐끗 쳐다보았다. 별안간 기묘한 소리가 울려 스미코는 저도 모르게 고개를 움츠렸다. 여자는 별로 신경 쓰는 기색도 없이,

"고맙습니다. 죄송해요, 진짜 금방 올게요."

하는 말을 남기고 어딘가로 갔다. 소리가 멎질 않기에 가만 보니 긴 코트를 입은 남자아이가 하모니카에 대고 숨을 힘껏 들이쉬고 내쉬고 있는 참이었다.

담당 직원의 지시대로 아릴드는 기다렸다. 편명 표시가 LH 7228에서 JL402로 바뀌고 첫 번째 짐이 나올 때까지 인내심 있게. 카운터로 다시 돌아가 직원이 내준 서류에 필요사항을 기입하자 작은 비닐가방을 건네주었다. 짐은 찾는 즉시 무료로 호텔에 배달해준다는 이야기였다. 무료로, 라는 말의 의미를 모르겠기에 되묻자, 배달료 같은 것을 내지 않아도 되는 거라고 설명해주었다. 그야 당연하지 싶었다. 최상이라고는 할 수 없는 첫출발이지만 어쩔 수가 없었다. 트러블도 여행의 묘미라고 생각하기로 했다. 다음 과제는 공항버스 승차장을 찾는 일이다. 아릴드는 걸음을 서두르면서 건네받은 가방에 뭐가 들었는지 대충 살펴보았다. 하얀 티셔츠 한 장, 칫솔과 치약, 데오도란트바 하나. 바로

그때 벽에서 무언가가 튀어나오는가 싶더니, 그 무언가는 아릴드의 옆구리에 부딪혀 넘어졌다. 충격이 제법 컸다.

"앗, 미안, 미안. 괜찮니?"

튀어나온 것은 어린아이였으며, 울지는 않았지만 어리벙벙한 모습이었다.

"괜찮아?"

아릴드는 다시 한번 말하고 쭈그려 앉아 아이와 시선을 맞췄다. 벽은 일부가 끊겨 있고 그 너머가 화장실인 것 같았다. 아이는 아무 말도 하지 않았다. 겁먹은 표정으로 아릴드를 올려다보더니 벽 안쪽으로 돌아가버렸다. 다친 것 같아 보이지는 않았지만 그대로 가버리자니 마음이 찜찜했다. 어떻게 할까 망설이고 있는데 좀 전의 그 아이가 다시 나왔다. 언니인가? 아무튼 엄마라고 하기에는 많이 어려 보이는 여자아이의 손을 잡고 있었다.

"헤이, 아까는 미안. 괜찮아?"

달리 어떤 말을 해야 좋을지 몰라 같은 말을 되풀이했다. 영어는 통하지 않을지 모르지만, 외워 둔 십여 개의 일본어로 대처할 수 있는 상황도 아닌 듯했다. 다행히 나이가 위인 여자아이는 영어를 할 줄 아는 모양이이어서 아릴드는 마음이 조금 놓였다.

"이 아이에게 말하는 거예요?"

유창한 영어로 그렇게 되묻기에 아릴드는 설명하려고 했다. 방금 여기서 그 어린아이와 부딪혔다는 것. 딴 곳을 보고 있던 자신이 잘못이었다는 것. 하지만 설명하는 도중에 어린아이가 끼어들어 뭔가 말을 했다. 아릴드로서는 알아들을 수 없는 말로, 짧게.

"이 아이는 괜찮아요."

나이 많은 아이가 말했다. 자랑스럽게 미소를 짓고 있었다. 검정 코트에 빨간 목도리, 청바지. 화장기는 없고 소녀라기보다 소년 같은 분위기였다.

"다행이다."

아릴드는 그렇게 말하고, 나이 많은 여자아이를 물끄러미 바라보았다. 무슨 의도가 있어서 그런 건 아니고 무심코, 라기보다 아주 자연스럽게 응시하고 말았다.

"저어, 또 뭔가 있나요?"

질문을 받고 아릴드는 어깨를 으쓱해 보였다.

대체 왜 부모는 아이를 단속하지 않는 거야. 불쾌하기 짝이 없는 기분으로 신야는 여행 가방을 카트에 실었다. 제 자식이 소음을 내지르고 다니는데. 그보다 옆 레인은 짐이 다 나오고 없는데 저 가족은 왜 저러고 계속 서 있는지 알 수가 없었다. 뭐, 이제 아무려나 상관은 없다. 신야는 카트 손잡이를 내렸다. 세관 앞에 줄지어 선 사람들을 보고 한숨을 내쉬었다.

"로저!"

하모니카 소음이 멎고 대신 그렇게 외치는 소리가 들리더니 스포츠코트 차림의 못된 꼬마 녀석과 그 부모가 신야를 향해 돌진해왔다.

"어머나, 개."

같은 비행기에 탔던 할머니의 혼잣말이 들리고, 꼬마 녀석과 그 부모는 신야 옆을 지나, 안쪽에서 나온 직원을 밀치고 짐받이 주위에 무릎을 꿇었다. 짐받이에는 커다란 우리가 실려 있고 그 우리 안에 정말로 개가 철책 틈새로 콧등을 내보이며 갇혀 있었다.

"로저! 로저!"

꼬마 녀석이 흥분하여 연거푸 불러대고 그 자리에 있던 사람들 모두가 개가 갇혀 있는 우리를 주목했다. 자신과는 상관없는 일이란 생각과 달리 신야도 눈을 뗄 수가 없었다.

개!

엄마 손을 잡은 채 가온은 눈을 크게 떴다. 우리에서 끌려 나온 그것은 새까맣고 엄청나게 컸다. 안절부절 못하고 발을 동동거리며 발톱으로 긁고 킁킁 냄새 맡는 소리가 들렸지만 기특하게도 짖지는 않았다. 그 남자아이와 부모가 번갈아가며 쓰다듬고 토닥이고 껴안아주었지만 개는 곧바로 다시 우리에 갇혔다.

"고맙습니다."

엄마가 말하고 있었다.

"으응, 아니야, 괜찮아."

할머니는 대답하고 나서,

"헌데, 그 대신이라고 하긴 뭣하지만, 저 노란 가방 좀 바닥에 내려주면 안 될까?"

하고 말을 이었다.

"네, 물론이죠."

엄마가 대답했지만, 실제로 가방을 내려준 사람은 엄마가 아니라 아까 부딪혔던 외국인이었다. 화장실에서부터 계속 따라와서 가온은 엄마가 짜증나 있다는 걸 알았다.

"고마워요."

할머니는 빙긋 웃으며 말하고, 외국인이 뭔가 외국어로 대답

하자,

"아, 그거야, 그거."

하고 손뼉을 치며 기뻐했다.

"이제야 생각났네, 플레저!"

놀랍게도 그 외국인은 별안간 일본어로 "천만에요"라고 말해서 할머니를 더욱 더 기쁘게 해주었다.

도착 게이트의 표시판을 올려다보고 겐지는 UA875편이 정시보다 삼십 분이나 빨리 도착한 것을 알았다. 알았지만 그렇다고 어떻게 할 수도 없었다. 아내의 휴대전화는 몇 번을 걸어봐도 전원이 꺼져 있고, 그렇다면 아마도 아직 게이트 안쪽에 있을 것이다. 하늘도 붐비는 시간대인지 표시판의 표시가 잇따라 바뀌고 쉴 새 없이 문이 열리면서 사람들이 줄줄이 밀려 나왔다. 오 분을 기다리고 십 분을 기다렸다. 혹시 서로 엇갈리는 일이 있을 수 있을까. 이를테면 전파 장애가 일어나 겐지의 전화가 불통이 되었다거나? 남편 모습이 보이지 않는 것에 화가 나서 연락도 없이 지하철이나 택시를 탔다든가? 시각은 어느덧 다섯 시가 되어가고 있었다. 11월의 하늘은 밤의 빛깔을 띠고 유리문 밖에서 차갑고 어둡게 퍼져갔다.

가온의 모습이 보인 것은, 이사를 오나 싶을 만큼 많은 양의 짐을 카트에 쌓아 올린 일가족이 어린애가 불어대는 하모니카 소리와 함께 옆을 지나간 직후였다.

"아빠!"

환성을 올리며 달려온 딸을 안아 올렸을 때 뒤이어 나오는 아내 모습이 눈에 들어왔다. 세 사람이었다. 머리가 하얀 할머니와 친한 사이처럼 이야기하면서 걸어오는 아내 옆에 백인 청년이 있었다. 그 청년이 밀고 오는 카트에 아내의 보스턴백이 정확히 실려 있었다.

"어서 와. 기다렸어."

딸의 뺨에 뺨을 대고 말하면서 겐지는 아내의 시선을 어떻게든 잡아보려고 했다.

"햄은?"

딸이 묻기에,

"차 안에 있어."

라고 대답하고 딸을 내려놓았다. 아내는 겐지와 한사코 시선을 맞추려 하지 않았다.

"잘 다녀왔어."

겐지의 가슴께를 보며 말하고, 카트에서 노란 여행 가방을 내리더니 청년에게 영어로 지시했다.

"자, 이거, 택시 승차장까지 잘 들어다줘요."

백발의 부인은 가온에게,

"잘 가라."

하고 빙긋이 웃으며 손을 흔들더니 겐지에게 가볍게 눈인사를 건네고 청년을 데리고 나갔다.

"개가 있었어. 엄청 크고 까만 개."

딸의 말에는 대답하지 않고 아내에게 물었다.

"지금 저 사람, 누구야?"

"모르는 사람이야."

아내는 그렇게 대답하고,

"그러니까, 다음에 비행기 탈 때는 햄도 우리나 상자에 넣으면 데려갈 수 있을 거야."

하고 딸이 말했다.

바깥 공기에는 동양적인, 젖은 종이 냄새는 느껴지지 않고 겨울과 배기가스의 흔해빠진 냄새만 났다. 드륵드륵 소리를 내며 남의 여행 가방을 끌고 가면서 아릴드는 쓴웃음을 지었다. "엄마 거든?" 분연히 그렇게 내뱉은 그 여자는 대체 몇 살일까. 틀림없이 아이인 줄로만 알았는데. "너는 이 아이의 언니?" 세관 앞의 줄에 붙어 서면서 묻자, 그녀는 눈을 한껏 크게 뜨고서 모양 좋은 눈썹을 추켜세워 보였다. 모욕을 당했다는 듯이.

"춥네. 춥다, 알아?"

노부인이 걸어가면서 아릴드를 올려다보고 부러 정확하게 발음했다. 알지 못했기 때문에 고개를 가로저었더니,

"콜드."

하고 부르르 떠는 시늉을 했다.

"아아, 콜드? 그렇군요, 콜드."

따라서 말하자 노부인은 만족한 듯 고개를 끄덕였다. 이 사람도—. 아릴드는 생각했다. 이 사람도 일흔 살쯤으로 보이지만 실제로는 백 살이 넘었는지도 몰라.

택시 승차장에 도착해 운전기사가 트렁크를 열어주기에 아릴드는 여행 가방을 들어 그 안에 넣었다. 노부인은 차에 타자마자 창문을 내리고 "저기"라고 말했다. "몸조심하고, 여행 잘 해요"라고. 알아듣지 못해서 다시 고개를 가로저었으나 노부인은 아랑곳하지 않고, "그리고"라고 다시금 말을 이었다. "내 이름은 오모니라고 해. 오모니."

"오모니."

알아들은 단어만 아릴드는 그대로 따라서 말했다.

"그래, 오모니."

노부인은 수줍은 미소를 띠고 여윈 손을 흔들며 떠나갔다.

침실

약사이자 5년 넘게 애인이었던 후루사와 리에古澤理惠와 헤어진 날 밤, 후미히코文彦는 자기 집 2층 세면실에서 거울에 비친 자신의 얼굴을 자세히 보았다. 왜 이러고 있는지 스스로도 알 길이 없었지만, 유심히 보았다. 일찍이 분명 존재했고 이제 다시 존재할, 리에 없는 자신. 오랜만에 만나는 이 남자가 대관절 어떤 인간이었는지, 기억해내려는 듯이.

시간은 새벽 2시를 넘어서고 있다. 세면대는 변함없이 청결하고, 방금 이를 닦은 참이어서 튜브형 치약의 파스 비슷한 냄새가 난다.

이별 이야기는 무려 다섯 시간 동안 이어졌다. 티격태격한 건 아니다. 오히려 여느 때처럼 둘이서 배불리 밥을 먹고 자리를 옮겨 술도 마셨다.

그저 멍하다. 이건 거의 그 상태라고 후미히코는 생각한다. 자신의 인생에서 리에가 나가버렸다는 사실이 도저히 믿어지지 않는다. 겁이 나서 마음 놓고 슬퍼할 수도 없다.

거울 속 남자는 침울한 얼굴을 하고 있었다. 술기운에 눈은 충혈되고 망연자실하여 갈 곳을 잃은 느낌이다. 하지만 이목구비 자체는 결코 나쁘지 않았다. 피부에는 윤기가 돌고 눈에는 (평상시라면) 사물을 꿰뚫어보는 힘과 맑은 빛이 담겨 있다. 쭉 뻗은 콧날, 군살 없는 뺨과 턱. 자연스럽게 웨이브 진 숱 많은 머리카락은 백발이 섞여 있긴 해도 모양새 좋게 정돈되어 자라난 덕에 적어도 처량맞아 보이진 않는다.

"당신은 너무 아름다워."

리에는 종종 그렇게 말했다.

"이마에 잡히는 주름도 엄청 독특해. 알고 있었어?"

모른다고 대답하고 후미히코는 양쪽 눈썹을 부러 익살스럽게 위아래로 움직여 이마에 주름을 만들어보였다. 리에는 웃었다.

정말일까.

정말로 나는 오늘 리에에게 버림받은 걸까. 이도 저도 다 그토록 자연스러웠는데.

지금 이 집 안에는 아내와 딸이 자고 있다.

후미히코는 최근 2년간, 아내와의 이혼을 수도 없이 생각했다. 이혼 이야기를 입 밖으로 꺼낼 단계까지는 이르지 않았지만 정말 진지하게 고민했다. 법적인 부부관계에 연연하진 않지만 한 사람 대 한 사람으로 마주하고 싶다는 리에에 대해 후미히코도 그러고 싶은 마음이 컸기 때문이다.

워낙에 정리정돈을 좋아해서 쿠션 위치며 침대 커버를 접어넣는 방법까지 일일이 정해놓는 데다 온 집을 가족사진으로 도배하는 것이 취미여서, 가령 여행이 가고 싶다기에 막상 집을 나서면 여행 자체보다 사진이 목적인 듯한, 틀에 박힌 사고를 하는 아내 유코裕子에게 후미히코는 더 이상 아무것도 기대하지 않는다.

"완전히 식었다는 뜻이야?"

언젠가 리에가 그렇게 물었다.

"응. 완전히."

후미히코 딴에는 솔직한 대답이었다.

"집사람은 이제 내게 아무런 관심이 없어."

가족 이야기가 나올 때면 늘 그렇듯이 리에는 우습다는 듯 눈썹을 추켜올려 보였다.

"그래서, 당신 삐쳐 있다는 거야?"

부정한 후미히코의 뺨에 입을 맞추고 나서 리에는 말했다.

"좀 더 확실하게 식혀."

리에는 특별한 여자였다. 풍만한 가슴과 긴 팔다리를 지녔다. 키가 크고, 미인은 아니지만 개성 있고 매력적인 얼굴에 근무복인 흰 가운이 잘 어울렸다. 솔직히 말하면, 까맣고 뻣뻣한 곱슬머리만은 후미히코의 취향에 맞지 않았다. 딱하다 싶을 정도로 심하게 고불거려서 수습이 불가능해 보이는 그 머리를 리에는 늘 뒤로 질끈 묶고 다녔다. 멋없는 검정 고무줄로.

리에는 후미히코의 회사 근처 약국에서 일했다. 카운터 너머로 몇 차례 얼굴을 마주하고 한두 마디 짧은 대화를 나누는 사이 호감이 싹텄다. 이제 와 생각하면 묘한 일이지만 왠지 친구가 될 수 있을 것 같았다. 업무상 이해관계와 무관한 친구, 곰팡내 나는 먼 과거의 공통점과도 한 점 얽힌 데 없는 친구란 것이 후미히코에게는 단 한 명도 없었다.

그래서 점심을 같이 먹자고 제안했다. 리에는 도시락을 싸가지고 다녔다. 어이없게도 리에는 하얀 바탕에 무늬가 들어간 손수건으로 고이 싼 그 도시락을 느닷없이 안쪽 방에서 꺼내오더니 감기약이며 목캔디 따위를 진열해놓은 유리케이스 겸 카운터 위에 탁, 하는 소리를 내며 올려놓았다. 손수건 매듭 부위에 젓가락집이 비스듬히 꽂혀 있었다. 리에는 밖에 나가 먹을 만큼 시간적인 여유가 없다며, 여섯 시 반까지는 업무를 봐야 한다고 했다. 그러니까 여섯 시 반 이후라면 '점심'을 함께 해도 된다고.

후미히코는 쓴웃음을 짓는다. 그것이 모든 일의 시작이었다.

함께 하는 '점심'은 멋지고 유쾌했다. 후미히코는 야경이 보이는 중화요릿집에 리에를 데려갔다. 리에는 잘 웃고 잘 떠들었다. 후미히코도 리에 못지않게 많이 웃고 많이 떠들었다. 마치 이날을 위해 지금껏 말을 배우고 이 자리에서 해야 할 이야기를 비축하기 위해 여러 해를 살아왔다는 듯이.

요리에 곁들여 맥주와 화이트 와인과 사오싱주를 마셨다. 후미히코도 대식가이지만 리에도 만만치 않은 대식가였다.

"말도 안 돼."

헤어질 때 택시 타는 곳에서 그렇게 말한 리에의 웃는 얼굴을 후미히코는 지금도 또렷하게 떠올릴 수 있다. 겨울이라 내쉬는 숨이 하얗고 네온사인이 반짝였다.

"모르는 사람과 밥을 먹고, 그게 이토록 즐겁고, 이렇게 웃음나는 일이라니 믿을 수 없어."

리에는 적절하게 표현할 길이 없어 답답한 듯 말을 이었다. 뺨이 상기된 채 눈을 빛내며 흥분이 채 가시지 않은 투로.

헤어지기 힘들었고, 그때 이미 나는 옷을 벗은 상태의 리에를 갈망하고 있었다. 하지만 그날 밤의 모든 것이 너무도 아름답고 완벽했기에 거기에 다른 요소를 끼워 넣고 싶지 않았다. 그래서 그대로 택시에 태워 보냈다. 아이처럼 안타까움에 몸부림치면서.

깊은 밤 세면실에 우두커니 선 채 후미히코는 문득 깨닫는다. 자신이 이제 영원히 원래대로 돌아갈 수 없음을. 앞날을 살아갈 의미도 보람도 없다는 것을.

리에와 처음 '점심'을 같이 하고 난 이튿날 아침, 후미히코는 눈을 뜨자마자 리에가 보고 싶었다. 휴대전화 번호를 물어보지 않았다는 사실을 그때서야 깨달았다. 그만큼 단순하게 오로지 리에와의 식사를 즐겼던 것이다.

약국으로 전화하기로 마음먹고 정오쯤 회사에 나갔는데 리에가 먼저 전화를 걸어왔다.

"이상하다 싶겠지만 벌써 당신이 보고 싶어요."

5년 전 겨울에 있었던 일이다. 후미히코보다 열다섯 살 아래인 리에는 그때 서른한 살이었을 것이다.

후미히코는 욕조 물구멍을 막고 수도꼭지를 한껏 틀었다. 맨발바닥에 닿는 타일이 딱딱하고 차갑다. 후미히코의 귀가가 워낙 늦다 보니 이 집에서는 다른 대부분의 가정처럼 뜨거운 목욕물이 기다리고 있을 때가 없다. 후미히코는 샤워만으로 끝내거나 오늘처럼 손수 목욕물을 받아야 한다. 이렇게 해온 지 이미 십 년도 넘었다. 후미히코 스스로 원해서 하는 일이다. 쓰고 님은 미적지근한 물에 몸을 담그기보다는 이편이 낫고 목욕물이든 사람이든 무언가가 자신을 기다리고 있다는 생각 자체가 부담스럽다.

후미히코와 헤어지고 싶다는 리에의 결심은 후미히코에게 너무나도 갑작스러운 일이었다. 생각할 수도, 견딜 수도 없는.

하늘과 햇살, 가로수, 붐비는 거리, 후미히코를 둘러싼 주위의 모든 사물이 리에라는 존재 하나로 인해 친근하게 다가오고, 선명한 색채를 띠고, 싱그러움과 생기로 넘쳤다. 온 세상이 분명 두 사람을 축복했다. 청춘을 구가하는 한 마리 어린 동물이 된 것만 같았다. 하루하루 사는 맛이 났다. 살아있다는 것에 기쁨을 느꼈다.

자신의 인생에 그런 일이 일어날 줄은 생각도 못 했다.

후미히코는 텔레비전 방송국에 근무하고 있다. 프로듀서로서 이름도 어느 정도 알려져 있고, 하룻밤 정사를 벌이자면 기회는 얼마든지 있었다. 여자들을 만나는 건 후미히코에게는 업무의 일부였다. 리서치. 정보수집. 예는 얼마든지 들 수 있다.

아내조차 그런 부분은 이해하고 있는 눈치였다. 20년 결혼생활 중에 한두 번은 바람을 피웠으려니 여기고 있을 터이다. 서로 대놓고 이야기한 적은 없지만, 아마도.

현실은 전혀 다르다.

너무 멀리까지 와버렸다. 느릿느릿 세면실로 돌아와 다시 한번 거울을 들여다보며 후미히코는 생각한다. 하지만 그 눈이 지그시 응시하고 있는 것은 이제 자신의 얼굴이 아니었다.

리에하고는 속궁합도 잘 맞았다. 나이를 고려하면 자랑하고 싶어질 만큼 후미히코는 열정적으로 쾌락을 탐했다. 한창 행위 중에도 리에는 잘 웃었다. 목 안쪽을 구르는 듯 기쁨이 묻어나는 낮은 웃음소리. 그 소리를 들을 때면 후미히코도 저절로 웃음이 나왔다. 너무 행복하면 웃음이 치밀어 오른다는 것도, 이 세상에는 웃음소리를 내면서 친밀하게 지낼 수 있는 상대가 존재한다는 것도 후미히코는 리에한테 배웠다.

옷을 벗고 욕조에 들어간다.

후미히코는 리에와 함께 있을 때의 자신만이 진정한 자신이라는 생각이 들었다.

리에를 만나는 건 많아야 일주일에 사흘이었지만 만나지 않을 때도 리에가 있는 장소가—약국이든 아파트이든—후미히코의 정신이 머무는 장소였다. 아내와 딸이 있는 이 집이 아니라.

물이 좀 많이 뜨거웠나 보다. 나이 든 사람들이 으레 그러하듯 아주 천천히 몸을 담근다. 가만히 숨을 죽이며—.

도대체 어떻게 리에가 내게 이럴 수 있는지. 후미히코는 팔다리를 뻗으며 생각에 잠긴다.

"당신은 아름다워."

뭐라 대답해야 할지 당혹스러울 정도로 리에는 칭찬을 자주 해주었다. 달콤한 목소리로. 실제로 후미히코는 리에로부터 불쾌한 말을 들은 기억이 없다. 그건 리에가 후미히코에게 만족하고 있었다는 증거가 아닌지.

"당신한테는 악의라는 게 없다니까."

내 자랑은 아니지만 리에의 말은 대체로 정곡을 찔렀다.

"당신은 굉장히 박식해."

"당신은 정직해. 직장이 화려해서 언뜻 보기엔 난봉꾼 같지만 실제로는 전혀 달라. 당신처럼 성실한 사람은 본 적이 없어."

리에의 칭찬에는 끝이 없었다. 빈말을 하는 여자가 아니었으니 진심이었을 것이다. 하지만 그렇다면 왜, 두 번 다시 만나지 않기로 결심했다느니 하는 말을 했을까.

"가끔은 결점도 가르쳐주면 고맙겠는데."

후미히코의 그 말에 리에는 우습다는 듯이 피식 웃었다. 그리고 이렇게 말했다.

"지금 가르쳐줬잖아."

온몸에서 땀이 솟는다. 후미히코는 욕조에서 나와 샤워기 아래에 섰다. 우선 머리를 감고, 세수를 하고 몸을 씻는다. 구석구석 꼼꼼하게. 아내가 이것저것 골라 사다놓은 비누며 샴푸를 사용하여. 공허함이 심장에서부터 다른 장기로―이윽고 팔다리에까지―퍼져나가는 것을 느낀다. 두 번 다시 리에를 만날 수 없다면 몸을 청결하게 유지한들 무슨 의미가 있을까.

리에하고는 종종 함께 목욕을 했다. 같이 목욕하는 것을 좋아하는 여자와 좋아하지 않는 여자가 있는데, 리에는 좋아했다. 특히 여행지에서, 대낮에.

둘이서 여기저기 여행을 다녔다. 출장이 잦은 후미히코에게는 어려운 일이 아니었다. 리에 몫의 여행비용은 늘 후미히코가 부담했다. 리에는 맨몸으로 홋카이도에서 오키나와까지 어디든 후미히코를 따라왔다.

"보고 싶었어."

그렇게 말하며 포옹을 하기 위해.

딱히 여행지가 아니더라도 다를 바 없었다. 지난 5년간, 평균
잡아 일주일에 두 번꼴로 두 사람은 밀회를 가졌다. 식사를 하고,
섹스를 하고, 영화관에 가고, 술을 마셨다.

"보고 싶었어."

그때마다 리에는 그렇게 말했다. 몇 년 넘게 떨어져 있었던 것
처럼.

후미히코의 업무 특성상 보통 밤 9시 이후 때로는 11시 이후
나 돼야 만날 수 있었지만 리에는 개의치 않았다. 몇 시가 됐든
어디가 됐든 리에는 와주었다.

"난 정시 퇴근이고, 나한테 내 일 말고 중요한 건 당신밖에 없
는걸."

홀가분한 몸이야, 라고 말하며 후미히코의 목에 팔을 두르는
행동이라든지 뺨을 맞댈 때의 감촉, 그때마다 어쩔 수 없이 눈에
들어오는 리에의 곱슬곱슬한 머리카락까지 떠오르자 후미히코
는 가슴이 미어진다.

그 밖에도 리에에 대해 생각나는 것들은 많다. 앙상한 손가락
에 금색 반지를 딱 하나 끼고 있었던 것, 주당이면서 일본주가 두

잔 이상 들어가면 눈이 촉촉해지는 것, 팬티스타킹과 미용사를 싫어한다는 것, 야한 농담을 좋아하고, 새 농담거리를 들으면 신이 나서 후미히코에게 이야기했던 것. 옷보다 신발을 중요시한다는 것. 콘택트렌즈를 착용한다는 것. 목덜미에 입을 맞추면 간지러워 하며 웃음을 터뜨리는 것.

목욕타월로 몸의 물기를 닦으며 후미히코는 한숨을 내쉰다.

연인이자 친구이자, 세상이라는 고립무원의 장소를 함께 살아가는 동지라고 후미히코는 믿고 있었다. 오늘 밤까지.

"농담이지?"

우선 그렇게 말했다. 가게 안은 어둡고 테이블에는 생선회가 담긴 큰 접시가 놓여 있었다.

"미안해. 농담 아니야."

리에는 진지하긴 했어도 괴로워하는 기색은 아니었다.

"말도 안 돼. 내가 어떻게 리에와 헤어져."

자신의 목소리에 노기가 어렸다. 동요하지 않으려 안간힘을 썼다.

"쇼크사할 것 같아?"

리에가 미소 지으며 그렇게 물었을 때 후미히코는 자신도 모르게 안도하며,

"응."

하고 긍정했다. 리에는 고개를 갸웃하고 탐색하는 듯한 시선
으로 후미히코를 보았다. 그러더니 생선회를 한 점 입에 넣고 말
했다.

"맛있다."

후미히코는 이해가 가지 않았다.

"집사람과 헤어질게."

그렇게 말해보았다. 어떻게든 리에를 붙잡고 싶었다. 리에는
슬픈 표정을 지었다.

"빈말 아냐. 집사람하곤 헤어질게."

테이블 위로 던져진 그 말은 그대로 갈 곳을 잃은 채 허공에 머
물러 있는 듯이 느껴졌다.

리에는 미소 지었다.

"당신은 자신이 얼마나 곤란한 사람인지 모르는구나."

불과 2초. 리에는 더 이상 미소 짓지 않았다. 화난 듯 보이지도,
질린 듯 보이지도 않았다. 그저 슬퍼 보이는 얼굴을 하고 있었다.

"내기해도 좋은데, 오늘 밤 알게 될 거야."

그리고 그렇게 말했다.

"뭘?"

마치 선문답 같다고 여기며 후미히코는 물었다.

"당신이 얼마나 곤란한 사람인지."

리에는 같은 말을 되풀이하고 생선회를 다시 한 점 입에 넣고는,

"칭찬하는 거야."

라고 말했다.

깨끗한 속옷과 파자마를 입는다. 수납장을 열고 구강청결제를 꺼내 입 안에 뿌린다. 그건 습관이었다. 곧장 잠자리에 들 텐데 왜 그래야 하는지 알 수 없었지만 여하튼 그게 이 집의 규칙이었다.

리에한테 전화해볼까, 하고 생각한다. 리에 없이는 살아갈 수 없다고 다시 한번 말해볼까. 오늘 밤 다섯 시간 내내 그랬던 것처럼.

"이제 못 보는 건가."

마지막에 그렇게 물었을 때 리에는 시원스레 부정했다.

"약국에 오면 볼 수 있어."

전화해봤자 소용없는 일이란 건 분명했다. 후미히코는 무거운 발걸음으로 아내가 자고 있는 침실로 돌아온다. 리에에게 버림받았다기보다 배신당한 기분이었다.

머리맡에 조명 하나만 켜놓은 침실은 어두운 데다 썰렁하리만치 고요했다. 모든 것이 아내의 취향에 맞게 꾸며져 있다. 크림색 벽지에는 수수한 풀빛 줄무늬가 들어 있어 짙은 갈색 가구—침대, 서랍장, 그리고 화장대—를 돋보이게 한다. 서랍장 위에는 가족사진이 들어간 액자, 화장대 앞에는 하얀 가죽을 씌운 동그란 의자. 창문에는 연녹색 태피터 커튼. 털 짧은 크림색 융단은, 지금은 보이지 않지만 먼지 하나 없이 청소되어 있을 것이다. 온 공기에서 아내 냄새가 났다.

그러나 후미히코 눈에는 이 방의 그 모든 것들이 오늘 아침까지 보았던 모습과 다르게 보였다. 가구며 사진이며, 천이며 그 색상이며 질감이며 모두 낯익은 것들이련만 한순간에 완전히 달라져 있었다.

생전 처음 보는 장소처럼 느껴졌다. 혹은 아마도 오랜만에 보는 장소처럼.

후미히코는 우두커니 서서 평화로운 실내를 둘러보았다. 아내는 후미히코에게 등을 보인 채 자고 있다. 하지만 그 모습은 후미히코가 지금 선 자리에서 보면 단지 이불이 봉긋하게 솟아있는 것처럼 보일 뿐이다. 귀를 기울여보지만 숨소리조차 들을 수 없었다. 정적.

후미히코는 자신이 비할 데 없는 냉철함을 되찾은 양 느낀다. 리에라는 안경을 쓰고 보았던 세상과 이곳은 어쩌면 이리도 분위기가 다른지.

그리움과는 조금 다른 느낌이었다. 오히려 위화감에 가까운 압도적이리만치 신선한 감각이었다. 낯선 여자를 보는 듯한 기분으로 후미히코는 잠든 아내를 내려다본다. 어떤 액세서리를 좋아하는지, 일본주를 몇 잔 마시면 취하는지, 미용실에는 얼마만에 한 번씩 가는지, 어떤 농담을 좋아하며 신발에 대해 어떤 가치관을 갖고 있는지, 전혀 알지 못하는 미지의 여자다.

이불을 젖히고, 후미히코는 거의 긴장감마저 느끼면서—동시에 알 수 없는 감동이 솟구치는 것을 느끼면서—침대의 자기 자리에 몸을 밀어 넣는다. 천장을 바라보며 등을 구무럭구무럭 움직인 후, 조그맣게 심호흡을 했다.

당신은 정직해.

살며시 미소 지으며 그렇게 말하는 리에의 목소리가 들린 것 같았다.

약사이자 5년 넘게 애인이었던 여자를 아득하고 그립게 떠올리며, 헤어져준 것에 고마움마저 느끼면서 후미히코는 아내의 등에 얼굴을 묻었다.

늦여름 해질녘

비가 바다 표면을 때리는 소리, 젖은 모래가 발가락 사이를 어루만지는 감촉, 파도와 빗줄기를 모두 거치고도 여전히 따스했던 남자의 몸―.

거기까지 떠올리고 시나는 불안에 휩싸인다. 여행에서 돌아온 지 한 달이 지났는데 기억은 세세한 부분까지 선명하고 생생하다.

나는 세상으로부터 분리되어 버렸다.

이미 백 번도 넘게 생각한 것을 시나는 또 생각한다. 일요일. 창문을 꼭꼭 닫아걸고 에어컨을 켜두어서 방 안은 시원하다. 주

말을 이용해 읽으려고 싸들고 온 자료는 손도 대지 않은 채 테이블에 던져놓았다. 한구석에 놓아 둔 지구본과 천구본(남자가 준 선물)에는 시트를 씌워놓았고, 그 때문에 우스꽝스러운 오브제처럼 보인다. 혹은 숨바꼭질을 하는 어린아이처럼. 이 방 안에서 남자와 직접 연관된 물건들이 눈에 띄는 게 시나는 죽기보다 싫다.

그렇긴 해도 그 여행은—. 시나도 못내 인정하지 않을 수 없다. 그렇긴 해도 그 여행은 감미로웠다, 라고.

비구름은 무섭도록 빠르게 이동하고 있었다. 어차피 젖을 테니 수영하자는 말을 꺼낸 건 남자 쪽이었고, 시나도 이의는 없었다. 하지만 막상 바다에 들어가 보니 거친 파도에 세찬 빗발까지 더해 시야가 흐릿한 데다 속눈썹이며 뺨이며 입술이며 할 것 없이 온 얼굴에 빗물이 흘렀다. 빗소리가 너무 커서 바로 옆에 있는 사람의 기척조차 느껴지지 않고, 시나는 홀로 잿빛 바다 한가운데에 와 있는 듯한 기분이 들었다.

그런 찰나 느닷없이 남자가 등 뒤에서 덮쳤다. 깜짝 놀란 데다 팔다리의 움직임이 자유롭지 않아 하마터면 균형을 잃고 물에 빠질 뻔했다. 그런데도 시나의 목 안에서 새어나온 것은 웃음소리였다. 몸을 돌려 거의 선 채로 헤엄치면서 남자의 시선을 받아들였다. 무언의 열기를, 그리고 입술을.

모래사장으로 나온 후, 지붕 있는 곳까지 가는 시간조차 아까워 파도가 밀려드는 물가에서 목에 팔을 휘감고 다시 키스했다. 남자의 몸은 따뜻하고 입술 또한 따스했다. 시나는 살갗도 입술도 차갑게 식다 못해 팔이며 가슴팍에 소름까지 돋았을 정도인데.

비는 이미 문제 될 게 없었다. 둘이 이렇게 꼭 붙어 있자니, 비라는 건 그저 두 사람의 바깥쪽을 흘러가는 것에 불과하다는 생각이 들었다.

빗물이 닿지 않는 곳에 놓아둔 큼직한 타월로 몸을 닦고 옷을 입었다. 처마 밑에서 담배를 피우고 있는 남자의 얼굴을 본 순간, 시나는 불안한 마음이 들었다. 지금 이 순간이 과거가 돼버린다는 사실 앞에 승복하고 싶지 않았지만 어쩔 도리가 없었다. 시간이 자신을 버려두고 저 멀리 가버리는구나 싶었다.

"배고프지."

남자가 말했다. 오후 한 시. 호텔로 돌아가 늦은 점심을 먹기에 딱 좋은 시간이었다.

그것은 순수한 욕망이었다는 것을 시나도 지금은 안다. 맹렬

한, 그러나 순수한 욕망이었다.

"이타루 씨를 먹고 싶어."

글자 그대로의 의미를 담아 말했다. 남자는 웅? 하는 표정을 지었다.

"아니."

시나는 서둘러 설명했다.

"침대로 가자는 것도, 키스를 조르는 것도 아니야. 실제로 당신을 먹고 소화시켜보고 싶다는 뜻이야."

자신이 한 말에 자신이 놀라 주춤했다. 섬뜩한 말을 내뱉었다는 마음과, 어떻게든 그에게 전달하고 싶다는 마음이 공존했다.

"당신을 먹으면 당신은 내 일부가 되는 거잖아? 그러면 늘 함께 있을 수 있고 세상천지에 두려울 게 없을 것 같아."

남자는 놀라지 않았다. 담배 연기가 매웠는지 눈을 가늘게 뜨고 시나를 바라봤다.

"아."

아, 그런 거였어? 라는 듯이 간단히 말하고 담배를 휴대용 재떨이에 비벼 끄더니 주머니에서 빨갛고 작은 것을 꺼냈다. 그게 무엇인지 시나는 알고 있었다. 접이식 주머니칼이다. 노점에서 산 복숭아를 그걸로 깎아주기도 했고, 급한 대로 사서 입은 카디

건에 달려 있던 태그를 떼어준 적도 있다. 와인 코르크 따개도 달려 있어서 참 편리한 도구다 싶었다.

처마 밑에 선 채 방금 전 담뱃불을 붙였을 때처럼 남자는 무심히 손을 놀려 자신의 왼손 살갗을 얇디얇게 벗겨냈다. 엄지손가락 바깥쪽에서부터 손목 방향으로.

그만두라고 시나는 말하지 않았다. 주인이 주는 먹이를 기다리는 개처럼 숨죽인 채 그저 가만히 기다렸다. 만들기 놀이에 빠진 소년처럼 자신의 손에 집중하고 있는 남자를 응시하면서.

끝이 안 보일 만큼 오랜 시간을 들여 남자는 천천히 그것을 벗겨냈다. 반투명한 얇은 피부. 방금 전까지 남자 몸의 일부였던 것.

"와아."

소리가 절로 나왔다. 시나 스스로도 놀랐을 만큼 들뜬 목소리였다. 좋은 것, 재미있는 것, 맛있어 보이는 것을 봤을 때 어린아이가 표정이 확 밝아지면서 낼 법한 소리였다.

허공에 축 늘어뜨린 모양새로 남자는 그것을 내밀었다. 내미는 대로 시나는 입을 벌려 받아먹었다.

생각 외로 메마른 감촉이었다. 그리 크지도 않은데 깨물어도 녹지 않고 씹어보니 짭조름한 바다맛이 살짝 났다. 바다의 풍미.

시나는 목구멍으로 넘겨버리기 아쉽다는 생각이 들었다. 하지만 꿀꺽 삼켰다. 그리고 생긋 웃어 보였다.

"먹어버렸다."

행복한 기분으로 그렇게 말하자 남자는 마치 눈부신 것이라도 보는 듯이 시나를 바라보았다.

그래서―.

시나는 생각한다. 그래서 내 몸의 일부는 이타루 씨라고.

떠올리는 것만으로도 행복에 짓눌릴 것만 같아서 슬리퍼 신은 발을 괜스레 붕붕 차올렸다. 혼자 살기 시작한 지 4년째, 작지만 볕이 잘 들어 마음에 쏙 드는 원룸 한구석에서.

자랑스럽고 뿌듯하다. 어떤 종류의 먹을 것은 마음을 강하게 만들어준다.

하지만 그런 동시에 시나는 두렵기도 했다. 한 남자에게 이렇게까지 깊이 빠져든 자신이.

대체 언제부터 이렇게 돼버렸을까.

세탁 건조기가 멎고 종료를 알리는 부저가 울렸다.

아마 아무도 이해 못 할 거야.

뜨거울 정도로 뽀송뽀송하고 따뜻한 빨래를 개며 시나는 생각했다. 부모님도, 서로 무엇이든 다 털어놓고 이야기하는 여동생도, 직장 동료도, 학창 시절 친구들도, 절대 믿지 않을 것이다. 시나가 누군가를 이렇듯 좋아하고, 그 남자를 위해서라면 뭐든지 할 수 있을 거라 여기고 있다는 것, 그러기 위해 세상으로부터 분리되어 버렸다는 것을.

하시모토 시나는 어려서부터 '세상만사 슬로모션(시나 아버지의 말이다)'이었다. 낯가림도 심해서 밖에 나가기보다 집 안에 있는 것을 좋아했다. 무엇보다 미지의 것이나 낯선 사람들을 알고 싶다는 열의가 결여되어 있었다. 무엇에든 마음을 다해 매달리지를 못하는 것이다. 성장한 후에도 이런 성향은 변함이 없어서, 열아홉 살 때 처음으로 남자와 데이트를 했는데 몇 번 만나는 중에 어쩐지 시들해져 안 만나게 되고, 그 사람의 존재도 금세 잊혀졌다.

연인이라 부를 만한 상대가 처음 생긴 것은 취직하고 나서였는데 그때도 데이트에 육체적인 부분이 더해졌을 뿐, 기본적으로는 열아홉 살 때와 마찬가지였다. 어느 틈엔가 시들해져버리는 것이다. 담백. 냉정. 마이페이스. 지금도 시나는 그러한 것들을 쾌적한 삶의 열쇠라고 생각한다.

친한 친구들 중에는 그런 시나를 소극적이라느니 신중하다느니 겁이 많다느니(아마도 질타와 격려를 해줄 마음으로) 하는 식으로 표현하는 이들도 있다. 하지만 시나는 자신이 소극적이거나 신중하거나 겁이 많은 게 아니라 그저 귀찮아할 뿐이라는 것을 알고 있었다. 누군가를 마음에 두게 되면 온갖 걱정으로 머리를 어지럽히지 않으면 안 된다.

다행히 좋다고 다가오는 남자도 없었고, 그렇다고 고민될 정도로 남자와 인연이 아예 없었던 것도 아니기에 (열아홉 살 때 데이트도 해봤고, 연인과 육체관계를 맺은 적도 있으니) 하루하루를 평온하게 보내며 집세와 생활비, 그리고 가끔 영화관에 갈 유흥비 정도는 스스로 벌게 된 참이었다.

그런데.

다 갠 빨래를 선반이니 서랍이니 들어가야 할 자리에 전부 넣고 나서 시나는 한숨을 내쉬었다.

그런데 이렇게 되고 말았다.

여행에서 돌아온 후에도 시나와 남자는 자주 만났다. 어제도 함께 식사하고 그 후 이 방에 와서 성관계를 가졌다. 남자는 자고 가겠다고 했지만 거절한 건 시나였다. 지구본이라면 시트를 씌우면 그만이지만 남자 그 자체에 시트를 씌울 순 없으니까.

함께 여행한 것은 처음이었다. 이 남자와 사귄 지 아직 반년밖에 되지 않았다. 그런데도 시나는 어디까지나 순수한 욕망에 따라 남자를 먹어버렸다.

남자의 엄지손가락 밑동 부근에 살짝 피가 돋았다.

"금방 재생될 거야."

그 자리를 타월로 누르면서 남자는 그렇게 말하고 웃었다.

"세포는 날마다 다시 태어나니까."

하지만, 하고 시나는 생각했다. 하지만 이건 명백히 부상이며 떨어져 나간 부분은 내 몸속에 들어와 있다, 라고.

한 우산을 쓰고 시나와 남자는 모래사장을 걸어 호텔로 돌아왔다. 빗줄기는 약해졌지만 바람이 부는 통에 시나는 머리카락까지 싸늘해졌다. 팔짱을 끼자 남자의 몸은 여전히 따스하고 흔들림이 없었다.

뜨거운 물로 샤워를 하고 결국 침대를 거치고 나서 점심을 먹으러 아래층으로 내려갔다. 점심을 먹기엔 늦은 시간이었지만 레스토랑은 열려 있었다. 마침 창문도 열려 있어서 비에 젖은 치자나무 꽃의 어쩐지 우울하고 달콤한 냄새가 흘러들어왔다. 순간 멈칫할 만큼 진하게.

식사를 마치고 방으로 돌아와 또 다시 침대를 사용했다. 시나

는 천장을 바라보았다. 안쪽 바깥쪽 할 것 없이 온몸이 남자로 가
득 찬 가운데 처음으로 자신의 감정이 무섭게 느껴졌다.

시나는 '나만의 성城'으로 삼은 원룸을 바라보았다. 크림색의
투박한 커튼, 본가에서 실어 온 책장. 스트라이프(흰 바탕에 갈
색) 무늬 소파와 시모기타자와의 골동품 가게에서 싸게 구입한
1945년대 밥상, 그 모든 것들이 어쩐지 아무려나 상관없게 느껴
졌다. 지금까지 소중히 여겨온 것, 특별하다고 생각해온 것들이
이렇듯 퇴색해버리는 건 대체 뭔가. 시나는 남자의 얼굴을 떠올
렸다. 남자의 목소리를, 눈을, 무언가 가벼운 농담을 하고 난 후
웃는 모습을. 그리고 생각했다. 그가 없다면 이 세상이 얼마나 따
분하게 느껴질까.

오후 다섯 시. 저녁 찬거리가 하나도 없어서 장을 봐 와야 한
다. 세제도 조금 전에 다 떨어졌고 쓰레기봉투도 몇 장 남지 않았
다. 국물용 다시마도. 시나는 한숨을 내쉬었다. 귀찮더라도 현실
의 일상에는 대처해야 한다.

자외선 차단제를 바르고 거울 앞에서 간단히 화장을 하는 동
안에도 시나에게는 현실감이란 것이 거의 느껴지지 않았다. 왜
화장을 하고 있는지 알 수 없었다. 뭘 하든 자신이 연극을 하는

것만 같았다.

이곳에 이타루 씨는 없는데ㅡ.

암담한 기분으로 시나는 생각했다.

이곳에 이타루 씨는 없는데 나는 늘 이타루 씨의 시선을 의식한다. 그가 지켜보고 있다고 여기며 행동한다.

그것은 달콤하면서도 어쩐지 무서운 일이었다.

짜증이 머리를 스쳤다. 이런 건 이상해, 라고 생각했다. 전혀 나답지 않아. 시나에게 고독은 자부심이었다. 아주 어린아이였을 때부터 쭉.

바깥은 대기 중에 아직 밝은 기운이 남아 있었다. 저녁 바람이 불고 있다고는 해도 여전히 후덥지근해서 온종일 에어컨이 도는 실내에 있던 시나의 살갗은 습기를 미처 받아들이지 못한 채 당황하고 있었다. 아직 땀 흘릴 준비가 안 되었다며 피부 표면이 허둥대는 게 느껴졌다.

"숨 막혀."

소리 내어 말해보았다. 대기는 아직 환하지만 먼 하늘엔 비구름도 껴 있고 금방이라도 소나기가 쏟아질 듯한 분위기였다.

원룸 앞 포장도로를 몇 발자국 걷지 않아 발을 멈췄다. 20미터쯤 앞의 새로 지은 주택 앞에 여자아이가 혼자 서 있었다.

초등학교에 갓 입학한 나이대는 아니고 그보다는 조금 큰 아이였다. 여덟 살쯤 됐을까. 시나의 눈에는 그 정도로 보였다. 산뜻한 무명 원피스, 양말 없이 맨발에 운동화를 신고 있다. 아주 짧은 머리. 빼빼 마르고 살짝 볕에 그을린 피부. 담장에 기댄 채 여자아이는 시나에게 옆얼굴을 내보이는 모양새로 오도카니 서 있었다.

그립다, 라고 시나는 생각했다. '뭘 하고 있는 걸까?'도 아니고, '저 새집에 이사 온 아이인가?'도 아니고, '그립다'. 그것이 시나의 뇌리에 떠오른 생각이었다.

닮았다고는 할 수 없었다. 어렸을 때 시나는 늘 긴 머리를 하고 다녔고 집 밖에 나가 노는 일이 별로 없어서 피부도 희멀건했다.

그래도—.

늦여름 해 질 녘에 저렇듯 딱히 뭘 하는 것도 없이 집 밖에 서 있을 때의 기분은 기억났다.

일찍이 분명 저런 모습으로 서 있었던 적이 있다.

시나는 자그마한 아이였지만, 몸의 크기와는 아무 상관없이 자신의 무게를 버거워했다. 무게—. 하지만 그건 나비 같은 무게였다. 푸르스름한 대기에 가뭇없이 녹아버릴 듯 가벼운. 그럼에도 분명 무게라고밖에 표현할 길 없는 것이었다. 자신이 세상에 실제로 존재한다는 것이 아직은 낯설었다. 바로 얼마 전까지만 해도 몸무게 따위 갖고 있지 않았으니까.

뭐하니? 지나가던 어른이 그렇게 말을 걸어와도 달리 대답할 길이 없었던 것을 시나는 기억한다. 딱히 뭘 하는 건 아니지만, 그렇다고 심심하다거나 지루한 것도 아니고 그저 온몸으로 존재하고 있었다.

팔과 다리에 그 감각이 생생하게 되살아나 시나는 흠칫 놀랐다. 늦여름 해 질 녘의 이 색채, 이 냄새.

시나는 금붕어 그림이 그려져 있던 물뿌리개가 생각났다. 좋아하던 그림책이, 러닝셔츠 바람의 할아버지가, 당시 살았던 집 안이, '니に'가 '닌교にんぎょう. 인형', '타た'가 '타코아게たこあげ. 연날리기'였던 히라가나 학습용 목제 카드 장난감이, 비눗방울을 만드는 데 썼던 식기용 세제의 색깔이며 냄새가. 연인도 친구도 없이, 그런 것을 바란 적도 없이, 그곳에 있던 자기 자신이.

앞으로 한 시간만 지나면 주택가의 공기는 집집의 부엌이며 욕실에서 감돌아 나오는 소리와 냄새에 묻힐 것이다. 생활의 기운에…… 하지만 지금은 자연계의 방종의 시간이다. 비구름과 낮을 비추던 햇빛의 흔적, 후덥지근한 더위, 나무들의 푸름. 야만적이고 농밀하고 신선한 해 질 녘이 시나와 여자아이를 가둬두고 있었다.

시나는 홀연히 이해했다. 자신이 지금도 고독하다는 것을. 이 세상에 홀로 존재한다는 것을. 그리고 여자아이를 바라보며 친구라고 생각했다. 저 아이는 그렇게 생각해주지 않겠지만 우리는 친구다, 라고. 바람이 두 사람 사이를 시간처럼 천천히 흘러갔다.

시나는 오랜만에 자신의 신발 뒤축이 내는 경쾌한 소리를 들었다. 아스팔트를 한 걸음씩 탁탁 내딛는다.

가까이 다가가자 여자아이는 시나를—물론 친구로서가 아니라 지나가는 어른으로서—충분히 의식하면서도 안 보는 척 흘끗 보았다. 싸늘하게.

먼발치에서 상상했던 것보다 어른스러워 보이는 아이였다. 속눈썹이 짙고 길었다. 여성스럽다고 해도 좋을 만한 단호하고 심지 있어 보이는 표정.

좀 더 가까이 다가가자 손에 뭔가 들고 있는 게 보였다. 하얗고 납작한 네모난 상자. 담뱃갑처럼 보인 그것이 초콜릿임을 알게 된 건 그 아이가 다른 한 손에 쥐고 있던 그 내용물을 한입 베어 먹었을 때였다.

시나는 가슴이 덜컥했다. 여자아이의 옆얼굴도, 몸짓도, 해변에서 연인의 살갗을 홀린 듯이 삼켜버린 시나 자신을 생생히 떠올리게 했기 때문이다. 어떤 종류의 먹을 것은 마음을 강하게 만들어준다.

스쳐 지나온 등 뒤로 초콜릿의 달콤한 냄새가 감돌았다. 마치하얀 꽃이 가득 달린 치자나무를 바람이 흔들고 지나간 그날 오후처럼.

피크닉

흙냄새가 짙다. 싱그러운 녹색 잔디도, 아직 아무에게도 밟혀본 적 없는 사물 특유의 세상 무서울 것 없는 기세로 하루가 다르게 자라고 있다. 마치 이 세상에 도전하는 듯이.

나는 손을 뻗어 그 잔디를 만져본다. 단단하면서도 부드럽다. 손에 와 닿는 느낌이 관능적이다. 이렇게 맑고, 봄치고는 아직 쌀쌀하고 건조한 대낮인데도 느낌이 촉촉하다. 손바닥을 풀 끄트머리에 대고 이리저리 움직여 간질여본다. 어렸을 적, 마룻바닥에 놓인 주판을 가볍게 밟고서 발바닥으로 주판알을 굴려보았을 때처럼.

Tickle—. 힘을 싣지 않은 채 잔디 위로 손을 움직이면서 나는 생각한다. 우리말로 옮기려면 어떤 단어가 적합할까. 간지럽다, 라고 하기엔 조금 거친 이 감촉은.

내 손바닥 아래에 있는 잔디는 자신이 불과 몇 센티미터만 벗어났어도 깔려 뭉개져버렸으리라는 것을 알지 못한다. 흰 바탕에 빨갛고 파란 줄무늬가 들어간, 우리의 피크닉 매트 밑에.

교코와 나는 둘 다 무릎에 담요를 덮고 있다. 야외에서 점심을 먹기에는 아무래도 아직 좀 이르다. 일요일. 하지만 우리는 집에서부터 걸어서 5분 거리인 이 공원에 올해 들어 두 번째 피크닉을 와 있다. 앞으로 겨울이 되어 잔디가 죄다 말라붙기 전까지 스무 번은 더 같은 일을 반복하겠지. 작년에도 그랬고 재작년에도 그랬으니까.

죽 늘어놓은 크고 작은 다양한 밀폐용기. 그 안에는 샌드위치, 삶은 달걀, 카레가루를 넣고 볶은 콜리플라워, 토마토소스 미트볼 따위가 가득 담겨 있다. 보온병도 두 개 나와 있고 그중 하나에는 커피가, 다른 하나에는 콘 수프가 담겨 있다.

"맛있어?"

내가 콜리플라워를 입에 넣자 교코가 물었다.

"응. 맛있어."

내 대답에 교코는 안도하는 얼굴로 미소 지으며,

"다행이다."

하고, 그 작은 안도감을 말로 표현한다. 마치 손수 만든 요리를 내게 먹이는 것이 처음인 양. 그녀는 매사에 도무지 익숙해지질 못하는 사람이다.

"날씨 좋네."

머리 위를 올려다보며 말한다. 그 희고 가느다란 목을, 나 또한 낯선 것을 보듯 바라본다. 이상하고 어쩐지 꺼림칙한 타인의 육체의 일부로서. 남들 눈에 나와 교코는 아마도 잉꼬부부로 보일 테지.

결혼한 지 5년이 되어 간다. 결혼식이란 것을 하지 않은 탓도 있어서 학창 시절 친구며 회사 동료, 지금이야 얼굴 볼 일이 거의 없지만 일찍이 친하게 지냈던 사촌들에게 부인은 어떤 사람이냐는 질문을 받곤 한다. 첫 만남이라든지 결혼에 이르기까지의 경위라든지. 아무 재미도 없는 이야기인걸요. 그때마다 나는 그렇게 대답한다. 하지만 이런 대답에 수긍하고 질문을 접을 사람은 없다.

우리의 러브스토리는—나는 넉살이 좋은 편이라서 첫 만남부터 결혼에 이르기까지의 경위를 그리 부르는 데 거부감은 없다.

하지만 진정 그렇게 불릴 만한 것인지 어떤지는 알 수 없다. 알 수 없지만 어쨌든—내가 스물여섯 살이 되던 해 정월 초하룻날에 시작된다.

아침 겸 점심을 먹으러 집 근처에 있는 패밀리레스토랑을 찾았다. 가게 입구에는 어김없이 다마카자리_{정월에 도시가미年神라는 그 해의 신을 맞이하기 위한 장식물로 대문에 거는 것. 지역에 따라 여러 상서로운 물건을 붙여 장식한다}가 걸려 있고 메뉴에는 떡국도 들어 있었다. 가게는 한산했다. 손님은 나 외에 초로의 남성이 한 명, 그리고 젊은 여성이 한 명. 정월 초하룻날 대낮에 패밀리레스토랑에서 혼자 식사를 하고 있는 여자, 라는 점에 흥미가 당겨 식사를 마치고 나서 말을 붙여보았다. 그녀가 식후에 주문한 듯싶은 아이스티가 나왔고 나는 따로 커피를 주문했다. 불쑥 나타난 남자에게 싫은 내색도 경계하는 기색도 없이, 그렇다고 반기는 것 같지도 않게 그녀는 나와 말을 주고받았다. 담담하게. 그런 사람이 교코였다.

지금 생각해도 묘한 일이지만, 내가 보기에 그녀는 긴장하고 있지 않았다. 그리고 나는 그 점에 끌렸다.

연락처를 묻자 선뜻 휴대전화 번호를 가르쳐주었다. 예상외로 너무 시원시원해서 혹시 엉터리 번호가 아닌가 싶었다. 하지만 열흘쯤 지나 전화해보니 본인이 받았다.

나중에 안 일인데 교코네는 부모님과 여동생까지 네 식구가 살고 있었다. 정월 초하룻날 혼자 패밀리레스토랑에 앉아 있었던 이유는 내가 상상했던 것―나와 마찬가지로 혼자 살고, 나와 마찬가지로 사람이 그립고 바깥 공기를 쐬고 싶어서 나왔다―과 달리 '단순히 마카로니 그라탱이 먹고 싶어서'였다.

교코는 나보다 두 살 아래로 백화점에서 일했다. 아버님은 제약회사에 다니고 어머님은 전업주부, 여동생은 대학생이었다.

교제하는 데 걸림돌은 전혀 없었다. 우리는 함께 밥을 먹고 영화를 보고, 차를 빌려 드라이브를 했다. 키스를 하고, 산책을 하고, 케이크니 아이스크림 따위를 먹고, 호텔에 갔다. 서로 전화하고 문자를 주고받고, 데이트 후에는 으레 그녀를 집까지 바래다주었다.

축구 경기를 보러 가고, 단풍여행을 갔다. 고향집에 데려가자 우리 부모님은 그녀를 마음에 쏙 들어 하셨다. 정작 아들인 나는 탐탁지 않아 하면서. 하지만 한편으론 나 또한 그녀 부모님이―내가 믿는 바로는―호감을 가지고 맞아주셨다.

그리하여 우리는 이 자리에 이르게 된 것이다. 집에서부터 걸어서 5분 거리인 공원에서의, 거의 일상이나 다름없게 된 피크닉에.

"뜨거우니까 조심해."

내가 보온병을 열고 뚜껑에 수프를 따르려는데 교코가 말했다.

저만치에서 어린 아이들과 그 엄마들이 우리처럼 때 이른 야외 런치타임을 감행하고 있다. 나무숲 너머 러닝트랙에는 조깅이며 경보를 하는 사람들이 끊임없이 오간다. 그 맞은편은 잔디로 덮인 완만한 비탈면으로 비탈 끝에는 철망이 쳐져 있고 철망 너머는 4차선 도로다.

사실 이 공원에는 피크닉에 좀 더 어울리는 자리가 여러 군데 있다. 온통 잔디가 깔린 야트막한 언덕 같은 곳도 있고, 꽃이 피면 사람들로 북적이는 벚나무 아래도 있다. 하지만 교코의 말을 빌리자면 그런 자리는 '어쩐지 부끄럽다'고.

부끄러운 걸로 치자면 애당초 부부끼리 피크닉을 나온다는 행위 자체가 부끄럽고, 윌리엄 소노마인가 까뜨린느 메미인가 잘 모르겠지만 아무튼 그런 류의 고급 외제 생활 잡화를 취급하는 가게에서 교코가 자신의 쌈짓돈으로 구입한 피크닉 매트며 바스켓이며 보온기능이 뛰어난 보온병 세트 따위도 나로서는 충분히 부끄럽다.

아내의 취미가 피크닉이고 우리가 자주─바깥 날씨가 좋아지면 매주—피크닉을 간다고 하면 대부분의 사람들은 놀란다. 놀란 후에 묘하게 히죽거리면서 대단하다느니 부럽다느니 말한다. 그렇게 생각한다면 실제로 해보면 될 것을.

우리도 결혼 전에는 피크닉 습관이 없었다. 교코 자신도 가족하고든 친구나 연인하고든 피크닉 따위 한 번도 해 본 적이 없었단다. 어느 날 갑자기 시작된 것이다. 그 시발점은 산책이었다.

"산책 가요."

휴일이 되면 교코는 그 말을 꺼내게 되었다.

"점심은 밖에서 먹고 싶어."

외식을 하고 싶은 건가 생각했더니 그게 아니라 단지 집 밖에서 먹고 싶다는 거였다. 그래서 산책을 하고, 빵이나 주먹밥, 도시락, 볶음국수 따위를 사가지고 공원 벤치며 분수대며 인적 없는 돌계단이며 아무튼 엉덩이 붙일 만한 곳에 앉아 그것들을 까먹고 집으로 돌아왔다. 매주. 그러다 보니 아무래도 물려서, 가끔은 당신이 해주는 음식을 먹고 싶다고 하자 교코는 슬픈 얼굴을 했다.

그때부터 피크닉이 시작된 것이다. 그러면 집에서 만든 음식을 싸가지고 가서 먹을 수 있다는 거였다. 마침 계절은 여름이었다. 잔디 냄새도 싱그럽고, 미풍이 나뭇가지를 흔들 때면 햇살이 나뭇잎 사이를 뚫고 우리 어깨 위로 내리쏟아졌다. 개방적인 사람들이 거의 벌거벗은 채 일광욕을 즐기는 모습도 보였다. 공기가 꿀처럼 달아서 벌이 다가오는 것도 당연하게 느껴졌다. 내 아내로 말하자면 어느 모로 보나 사랑스럽고 절제된 관능미를 풍겼고, 밀폐용기에 담긴 가정적인 모습과는 또 다른 그 매력 사이에서 나는 신선한 기쁨을 느꼈다. 가까이 다가가 머리칼에 코를 묻거나 목덜미에 입을 맞추었다. 그녀의 뻗은 다리에 머리를 얹고 낮잠을 잔 적도 있다. 그녀는 목 깊은 곳에서 기분 좋은 웃음소리를 냈다. 내 머리카락 사이로 손가락을 집어넣어 부드럽게 쓸어 올려주기도 했다.

우리는 행복하다. 그렇게 생각했고, 졸음을 부르는 여름 냄새와 눈부신 바깥 공기, 교코의 차가운 손가락, 주변의 떠들썩함, 묵직한 위장. 이 모든 것들에 도취된 나는 실제로 그 말을 입 밖에 낸 적도 있다. 그러자 아주 잠깐의 공백이 있고 나서,

"됐어."

라는 목소리가 들렸다. 미소를 머금은 부드러운 음성. 됐어. 기묘한 대답이지 않은가.

교코라는 여자를 마녀 같다고 여기기 시작한 건 그 무렵부터였다.

그 이전에도 독특하다고 여긴 적은 몇 번 있었다. 하지만 독특하다는 건 내가 경험하거나 지식으로서 알고 있는 다른 여자들에 비해 그렇다는 것일 뿐, 내 경험이나 지식 자체가 얇다 보니 그저 '개성 있는 여자' 정도로만 여겼다.

예를 들어 교코는 내 이름을 도무지 외우지 못했다. "히로유키 씨" 하고 제대로 부른 적도 있지만, 그런 때조차 자신 없는 양 말 꼬리가 살짝 올라갔다. "유키히로 씨"라고(역시 살짝 의문형으로) 부른 적도 있다. "히로유키 씨, 가 아니라 유키히로 씨"라고 하거나, "유키히로 씨라고 했죠?" 혹은 "저어……미안해요" 하며 우물거리기도 했다. 나는 재밌게 받아들였다. 처음에는 일일이 바로잡아주었으나 나중에는 바보 같은 짓이란 생각이 들어서—결코 나쁜 뜻은 아니다. 오히려 유쾌해져서, 라는 표현이 더 가까울지도 모른다—, "괜찮아, 당신 좋을 대로 불러주면 돼"라고 대범한 척 말해보기도 했다.

내기해도 좋은데 지금도 교코는 내 이름을 제대로 기억하지 못할 것이다. 그도 그럴 것이 옛날 부부처럼 그녀는 나를 "여보"로 부르게 되었기 때문이다. 여보, 이것 좀 봐봐. 여보, 이것 좀 먹어봐. 여보.

교코에게는 내 이름 같은 건 아무런 의미가 없는 것이다.

또 뭐가 있을까. 교코는 내게 달콤한 말을 속삭여준 적이 없다. 내가 속삭이면 예의 기분 좋은 목소리로 나지막이 웃으며 기쁘다고 대답한다. 그게 다. 나도 당신을 원해, 라는 말은 절대 안 한다. 침대에서는 그런 경향이 더욱 두드러진다. 내가 원하면 원한 만큼 시간은 농밀해진다. 교코는 희고 매끈한 다리를 벌리고 등을 젖힌다. 혹은 내 위에 올라타고 머리칼을 흔들어댄다. 나 자신을 입 안 깊숙이 넣는 것도, 내가 그녀의 수풀에 입을 묻는 것도, 발가락을 하나씩 빠는 것도 마다하지 않는다. 나는 용맹스러워지고, 애달파지고, 난폭해진다. 난폭해지지 않으려다 한층 더 조급해진다. 그녀를 찌르고, 덮어 누르고, 참아내고, 떨어졌다가 다시 찌르고, 또 찌른다. 이윽고 숨 쉬는 것조차 잊어버리는 순간이 찾아오고, 후우우- 소리를 내며 해방된다.

"끝내줬어."

거친 숨을 고르며 내가 그런 말을 해도 그녀는 신기하다는 듯한 표정을 지을 뿐이다. 그리고,

"그럼 다행이네."

라고 말하거나,

"그런 거야?"

라고 말하기도 한다.

그런 저런 일, 사소한 일, 끝이 뾰족한 잔디를 닮아 Tickle한 일. 손거스러미처럼 심각한 일.

오늘 싸온 샌드위치에는 로스햄이 들어 있다. 두툼하게 썬 고기에 버터와 머스터드소스가 골고루 발려 있다. 씹는 맛이 있는 그것을 삼키며 나는 커피를 홀짝인다.

"봐봐. 고양이!"

교코가 말했다. 검은 고양이가 관목수풀 사이를 가로질러 갔다. 위장에 먹을 것이 들어가서인지 아니면 오후 햇살 때문인지 이곳에 도착했을 무렵보다는 훨씬 따뜻해졌다. 나는 기지개를 켜고 나서 무릎에 덮은 담요를 치웠다. 그대로 드러눕자 상반신이 피크닉 매트 밖으로 비어져 나와 지면에 바로 닿았다. 선득한 흙냄새. 하늘이 파랗다. 눈을 감고 옅은 햇살을 눈꺼풀로 맛본다. 속눈썹을 건드리는 바람이 느껴졌다.

"일어나."

교코가 말했다.

"그런 데 드러누워 있으면 이상해. 낮잠은 밥 다 먹고 나서 자."

왜 그렇게 피크닉을 좋아하게 된 거야? 교코에게 그렇게 물어본 적이 있다. 그 한여름, 처음 시작한 이래 네다섯 번 연속으로 피크닉을 한 후였다.

"그야."

교코가 대답했다.

"그야, 바깥에서 보면 당신이 또렷하게 잘 보이니까. 당신이 얼마나 큰지, 손이 어떻게 생겼는지, 목소리는 어떤지, 어떤 기척을 내는지."

"기척도 보여?"

물론이지, 하고 교코가 고개를 주억거렸다.

"모든 동물은 우선 기척으로 자기 존재를 주장하잖아?"

게다가─. 생긋 웃으며 교코는 말을 이었다.

"게다가, 피크닉을 하면 고독하다는 느낌이 안 들잖아?"

그 순간 내가 멈춰 섰던 것이 기억난다. 바구니를 손에 들고 옆구리에는 피크닉 매트를 끼고서.

"고독해?"

그렇게 묻자, 교코는 놀란 듯 나를 보았다.

"바보 같은 말 좀 하지 마."

그러더니 킥킥 웃었다.

"뻔뻔한 바보들이나 하는 말을 입 밖에 내다니."

"그게 나야."

그렇게 대답했더니 웬일로 사랑스러운 듯 나를 응시했다.

"집 안에서는 내가 안 보여?"

"보여. 하지만 좋게 보이지 않아."

단박에 대답했다.

"좋게?"

나도 마음먹기에 따라 바보 같지 않을 수 있다는 사실을 보여주려고 질문했다. 교코는 숨을 살짝 들이쉬더니 체념한 듯 가늘고 길게 뱉으며 휘파람 같은 소리를 내고 나서 자백했다.

"좋은 사람처럼."

미안함이 묻어나는 음성이었지만 눈빛은 초롱초롱했다.

"좋은 사람처럼……. 그렇군."

나는 그렇게 말하며 쓴웃음을 지어 보였지만 당연히 큰 충격을 받았다.

진실을 말하는 광기.

그것이 교코라는 여자의 특성인지, 아니면 모든 여자들의 특성인지 나로서는 알 길이 없다(나는 상처 입고 덫에 걸려든 기분이다). 하지만 교코에게는 확실히 그런 광기가 있다. 그것이 마녀가 마녀인 까닭이며, 그런 특성을 지닌 인간은 인간이 아니라고 나는 생각한다. 진실을 말하는 광기. 그 특성을 나는 정말 증오한다.

일어나 앉아 샌드위치를 하나 더 집어 들었다. 비탈 아래 도로
변 보행로에 세발자전거를 탄 아이와 그 아이의 할머니인 듯싶
은 노인이 느긋하게 지나가는 모습이 보인다. 우리 자리에서 보
면 왼쪽에서 오른쪽으로, 무섭도록 느긋하게.

조금 전 검은 고양이가 있던 수풀에는 짙은 갈색 깃털에 윤기
가 자르르 흐르는 작은 새 두 마리가 날아와 톡톡 뛰어다니며 땅
바닥 위의 무언가를—또는 흙을—쪼아 먹고 있다.

이미 식사를 마친 교코는 무릎에 놓아둔 문고본에 눈을 떨구
고 있다. 내리깐 속눈썹은 성글고, 낮은 코와 매끈한 뺨 모두 찹
쌀떡처럼 하얗다.

아마도 교코 본인이 가장 놀랐을 테지만, 나란 존재가 그녀에
게는 불쾌하고 이해가 안 되는 것이다. 나는 이물질이다. 이렇게
바깥으로 끌어내어 볕을 쬐이고 바람을 쏘여 조금이나마 신선한
기운을 불어넣으려 하고 있는지도 모른다.

"잘 먹었습니다."

내 말에 교코가 책에서 얼굴을 들었다. 무방비한 입술이 도톰
하게 튀어나와 있다. 나는 피크닉 매트를 기어가 그곳에 입술을
댄다. 여기저기 널린 밀폐용기 때문에 손을 어디다 둘지 고민하
면서.

교코는 흠칫하고, 하지만 곧바로 순순히 내 입술을 받아들인다. 넘어지지 않게 한 손은 뒷바닥을 짚고 다른 한 손으로 내 뒤통수를 받치기까지 한다.

"잘 봐둬."

나는 속삭인다. 이물질로서의 내가 얼마나 큰지, 손은 또 어떻게 생겼는지, 목소리는 어떤지, 그리고 어떤 기적이 나는지 과시하듯 교코를 덮어 누르며 입술을 물어 당긴다.

내게도 교코는 이물질이다. 짙은 갈색 깃털을 지닌 작은 새 한 마리와, 관목수풀 사이를 가로질러 간 검은 고양이와, 세발자전거를 탄 아이와 마찬가지로 내게는 이물질이다.

담요 밑으로 손을 집어넣자 교코가 움찔하는 것이 느껴졌다. 청바지를 입은 밋밋한 다리. 교코의 눈에는 이제 공포의 빛마저 어려 있다.

나는 웃었다. 청바지 위를 더듬던 손을 멈추고, 그 대신 조금씩 체중을 실어 교코를 찌부러뜨리는 듯한 모양새로 쓰러뜨린다. 뺨에 뺨을 문지르자 코끝에 잔디가 닿았다.

"무거워."

교코가 말한다. 나는 개의치 않고 습한 흙냄새를 맡고, Tickle한 잔디를 이로 물어뜯어 본다. 풀의 푸른 맛에 흙 맛이 섞였다.

숨죽인 낮은 웃음소리. 내 몸 아래에서 교코의 가슴이 물결친다.

"뭐하는 거야? 무거워."

하는 수 없이 몸을 떼고 나란히 드러누웠다. 눈이 부시다.

"눈부셔."

같은 말을 교코가 한다.

"목도 차갑고. 풀이 까슬까슬해."

나는 팔을 들어 올려 눈가리개를 하듯 얼굴 위에 얹었다. 햇살이 차단된다. 멀리서 누군가의 웃음소리가 들린다. 드럼 연습을 하는 소리도. 옆에서 교코가 몸을 일으켜 점심 먹고 난 자리를 정리하는 눈치였다. 일어나 거들지 않고 가만히 있었다. 바람, 나뭇잎 스치는 소리, 드럼 소리.

저기, 하고 머뭇거리는 듯한 목소리가 머리 위에서 내려온다. 저기, 여보, 일어나. 하지만 그 말은 내가 아닌 누군가를 향해 내뱉어진 말처럼 멀리 울려 퍼진다. 그리고 허공으로 빨려 들어간다. 아마도 그녀는 허공을 향해 그 말을 뱉어냈으리라. 대담하게 그리고 독특하게.

내 눈꺼풀은 꿈쩍도 하지 않는다.

유가
오

들여다보고 가야만 했다. 로쿠조六條에서 여인이 기다리리라
는 것은 알고 있었지만, 일찍이 신세를 졌던 유모가 병으로 쇠약
해진 나머지 출가하여 부처의 가호를 비는 지경에까지 이르렀다
는 소식을 듣고 나니 그로서는 병문안을 가지 않을 수가 없었다.
어린 나이에 어머니를 여읜 그는 그 가슴 아픈 처지와 아름다운
용모, 유례없는 총명함과 다정한 마음씨로 인해 이 유모에게 사
랑과 귀여움을 듬뿍 받으며 자라났다. 애당초 그렇게 치자면 궁
에 출사하는 여인들은 너 나 할 것 없이 그를 귀애하며 양육하기
는 했지만.

헌데 막상 도착해 수레를 대려고 보니 그 집의 문이 잠겨 있었다. 물론 그는 상을 찌푸리거나 혀를 차는 짓 따위는 하지 않는다. 사람됨도 받은 교육도 그러한 것과는 거리가 먼 까닭이다. 수행원에게 안에 있는 고레미쓰를 부르라 이르고 고레미쓰가 나와 문을 열어주길 조용히 기다렸다. 여름날 저녁이었다. 평범한 사람들이 사는 고조五條의 큰길을 그는 관심 있게 바라보았다. 살랑살랑 흘러들어오는 바람, 길가에 돋은 풀, 밥 짓는 냄새, 물빛어린 하늘.

유모의 집 옆에 노송나무 판자로 울타리를 새로 둘러친 듯 보이는 집이 있었다. 격자창이 위로 쭉 올려져 있고 새하얀 발이 시원스럽게 쳐져 있었는데 그 발 너머로 서성거리는 사람들의 모습이 살짝살짝 엿보였다. 하나같이 이마가 아리따운 여자들이었다.

'어떤 사람들이 저리 모여 있는 걸까.'

그는 어쩐지 마음이 끌렸다. 로쿠조 여인과의 정사를 앞두고 수레도 무척 수수한 것을 타고 온 데다 행차를 알리는 소리 또한 내지 말라 하였으니 신분이 드러날 염려는 없었다. 마음이 놓인 그는 한결 가붓한 기분으로 집 안을 엿보았다. 한눈에 안이 다 보일 정도로 좁고 보잘것없는 거처였다.

이 세상 어딜 가리켜 내 집이라 할 수 있으랴

발길 머무는 그곳이 바로 내 집인 것을

『고금와카집』에서 옛사람이 읊었던 노래를 떠올리고 조용히 미소 지었다. 그리 깨닫고 보면, 보잘것없는 집이건 휘황찬란한 궁전이건 결국 마찬가지 이니겠는가. 고개 숙여 미소 지은 그의 뺨에 저녁 햇살이 눈썹 그림자를 드리웠다.

울타리 안쪽으로는 푸르디푸른 덩굴이 우거져 있고, 그 사이로 하얀 꽃이 여기저기 고개를 내밀며 피어 있었다.

"저 꽃 이름이 뭔지 궁금하구나."

그리 중얼거리자, 호위하는 수행원이 앞으로 나와 무릎을 꿇고 대답했다.

"저 하얀 꽃은 유가오夕顔. 박꽃라고 합니다. 꽃 이름은 어엿한 사람 이름 같지만 이렇듯 보잘것없는 울타리에 핀답니다."

"안타까운 운명의 꽃이로구나. 한 송이 꺾어 오너라."

수행원은 분부 받은 대로 문 안으로 들어가 꽃을 꺾었다. 그러자 이 집에서 일하는 몸종인 듯 노란 생사로 짠 홑치마를 길게 입은 소녀가 나와 손짓하였다.

"이 위에 올려 드리세요. 가지도 볼품없는 꽃이니까요."

그렇게 말하며 하얀 쥘부채를 내밀었다. 주인이 평소 향을 사르는 듯 부채에서 부드러운 향내가 홀연히 피어올랐다.

때마침 유모의 집에서 고레미쓰가 나왔다.

"열쇠를 어디다 두었는지 잊어버리는 바람에 참으로 죄송하게 되었습니다. 이런 너저분한 길가에서 한참을 기다리시게 하다니."

그렇게 말하더니, 수행원에게서 꽃을 올린 부채를 건네받고는 별 관심 없이 그에게 전했다. 성격이 쾌활하고 시원시원한 고레미쓰는 과연 젖형제답게 그의 변덕을 익히 알고 있어, 그런 풀꽃을 탐냈다 해도 전혀 이상할 게 없다고 생각했던 것이다.

"뭐, 이 부근이야 겐지 님이 누구신지 눈치챌 만한 사람도 없으니 이렇게 서 계셔도 신분이 탄로 날 걱정은 없겠습니다만. 아무튼 송구하옵니다."

그렇게 말하며 화통한 웃음을 보였다.

유모의 집에는 고레미쓰의 형인 아사리와 일가친척들이 모여 있었다. 비구니가 된 유모 본인도 아픈 몸을 일으켜 그를 보더니 감동에 겨워 인사를 하면서 울고 울고 또 울었다. 모여 있던 친척들이 당황하여 눈짓을 주고받을 정도로 울고 탄식하기를 그치

지 않았다. 하지만 그는 의연하게—그는 결코 위축되는 법이 없
다—그리고 진심을 다해 자상한 말을 건네고, 때때로 끓어오르
는 오열을 억누르고 눈물을 닦아가며 정성껏 병문안을 했다. 더
오래오래 살아서 내 장래를 지켜봐달라 말하고, 병이 낫도록 가
지기도를 다시 올리도록 조언하고 나서 방을 나왔다.

"등잔불을 가져다주지 않겠느냐."

눈물 젖은 목소리 그대로 고레미쓰에게 그렇게 이른 까닭은
아까 받았던 부채를 자세히 보기 위함이었다. 이 집의 복도는 무
척 어두웠다.

부채를 펼치자 부드러운 향내가 다시 피어오르고, 아름다운
필체로 이런 시도 쓰여 있었다.

아름다운 분

그 하얀 옆얼굴은

이슬을 머금고 빛나는 박꽃과 같아

누구신지 모르오나

분명 빛을 뵈온 듯하오니

슬쩍슬쩍 흘려 쓴 모양도 흥미로워 그는 이것이 마음에 들었

다.

"옆집에는 어떤 사람이 살고 있나?"

속눈썹에 살짝 물기를 머금은 채 고레미쓰에게 물었다.

"글쎄요."

고레미쓰의 대답은 퉁명스러웠다.

"매몰차구나. 이 부채에서는 뭔가가 느껴져. 옆집에 어떤 사람이 살고 있는지 물어봐주지 않겠는가?"

또 그놈의 호색심이 발동하였구나. 고레미쓰는 그런 생각을 하면서도 두말 않고 알아보러 그 집에 다녀왔다.

"양명개揚名介. 직무도 녹봉도 없는 명예직으로 지방관의 차관로 지내는 사람의 집이라 합니다. 하인에게 알아본 터라 자세히는 알 수 없으나, 바깥남자는 지방에 내려가 집을 비운 상태이고 부인의 자매들이 드나든다고 하더이다."

양명개 부인의 자매들—. 그는 생각에 잠겼다. 그렇다면 이렇다 할 신분의 여성은 아닐 것이다. 하지만 그 소박한 시는 절절하고도 부드러운 여성의 솜씨이다. 천진난만한, 순수한 여인이 아닐까. 그래서 그는 의도적으로 필체를 바꾸어 이렇게 답가를 썼다.

이런 이런

저물녘 햇빛에 홀려선 아니됩니다

좀 더 가까이에서 보지 않으면

진실로 어떠한지

모르지 않겠소이까

수행원에게 그것을 가져다주라 이르고 그는 곧장 로쿠조로 향했다. 옆집은 이미 격자창이 완전히 닫혔고, 무엇보다 지금 정을 통하고 있는 연상의 여인이 그를 애타게 기다리고 있었다. 좀 전의 그 덩굴풀이 우거진 집과는 차원이 다르게 고상하고 우아한 저택에서. 주위는 이미 해가 저문 후라 남의 이목을 피해 다니기에 적절했다. 병문안에다 글을 주고받느라 조금 피로해진 그는 로쿠조 여인의 가냘픈 등이며 보드라운 머리칼이 만지고 싶어졌다. 처음 만나던 때와 같은 열정은 사라졌어도 그립고 편안한 기분에는 잠길 수 있을 터였다.

그가 그 후로도 고레미쓰에게 옆집 여자에 대해 알아보라고 시킨 데에는 이유가 있었다. 이야기는 약 두 달쯤 전, 어느 비 오던 날 밤으로 거슬러 올라간다. 여인 품평회랄까, 사귀기에 재미

있는 여자는 어떤 여자인지, 벗들인 사내들끼리 모인 자리에서 터놓고 논의했던 때의 일이다. 두중장頭中將. 겐지의 친구이자 처남이나 좌마두左馬頭. 조정이 보유한 말의 사육 및 훈련을 담당한 관청인 마료馬寮의 우두머리나 다들 이런저런 경험을 꽤나 쌓은 모양이었다. 그중에서도 그가 유독 흥미를 갖게 된 화제는 그들이 말하는 '중류층' 여자, 즉 태생이나 자라온 환경이 고귀하지는 않지만 그래서 마음이 편안한, 점잔을 빼지 않으면서도 예의범절에 손색이 없는 여자에 대한 이야기였다. 그런 여자가 있다는 것이다(그들은 현재 그런 여자를 만나고 있고 저마다 감미로운 연애지사를 쓰고 있으며, 두중장은 한 발 더 나아가 그중 한 여자와의 사이에 아이까지 두었단다!). 그 덩굴풀 우거진 집의 여인 정도는 그런 의미로는 어쩌면 '하중의 하'쯤일지 모르지만, 오히려 돌아보는 이 하나 없는 그런 곳에 청아한 꽃이 피어 있기도 하지 않겠는가.

그는 한숨을 내쉬었다. 어려운 일이다. 여태 사귀었던 상류층 여인들과는 사정이 다르다. 어쨌거나 지금은 고레미쓰가 가져올 정보를 기다리는 수밖에 없다. 고레미쓰는 여자를 좋아하고 장난이 심한 사내이기는 하지만—아니, 오히려 그렇기 때문에—신뢰할 수 있었다.

얼마 전 마음에 두었던 여인—우쓰세미—이 그 후로 아무런 말이 없는 것도 신경 쓰였다. 그는 또다시 한숨을 내쉬었다. 사람을 진심으로 좋아하게 되면 마음이 편할 날이 없다.

'왜 아무 말이 없는 걸까.'

생각해봤자 소용없는 일이건만 그는 생각하지 않을 수 없었다. 아무리 남편이 있는 몸이라 해도, 자신이 그토록 고심하고 말로 구슬리다 못해 꾀를 내어 숨어든 날 밤에, 그것도 바야흐로 일이 성사되려는 찰나에 도망치다니 참으로 고루하고 융통성 없는 처사가 아닐 수 없다. 아니할 말로 풍류를 모르는 여인네라 비난받아도 할 말이 없지 싶다

기억─. 그는 천천히 눈을 깜빡이며 어떻게든 그 일을 머릿속에서 내몰려 애썼다. 사람을 착각했다고 깨달았을 때에는 이미 늦었다. 그것은 결코 그의 잘못이 아니었다. 마치 여인을 대신하듯 침실에 있던 (의붓)딸을 실망시키자니 그 또한 애처로운 일이었다. 딸에게는 죄가 없으니. 경박한 구석이 있는 것은 부정할 수 없어도 나름대로 사랑스러운 처녀였다. 원래 그는 매사 좋은 면을 찾아내는 데 탁월한 능력이 있었다. 사실 지나치게 탁월하다고 해야 하겠지만 본인은 전혀 자각하지 못했다. 그리고 그것이야말로 그가 지닌 덕이며 고금에 다시없을 기품이라는 것을 아마도 그의 주위에 있는 모든 남자와 몇몇 여자들만 깨닫고 있으

리라.

매사 그런 식이었기에 이요 지방 차관이 임지에서 돌아와 인사하러 왔을 때에도 기분 좋게 응대했다. 이요 차관은 고집스레 그를 거부한 끝에 막판에 도망쳐버린 여인의 남편이자, 경박하면서 사랑스러운 구석도 있었던 처녀의 아버지이다.

"노고가 많으셨습니다. 잘 돌아오셨습니다."

그는 뒤가 켕기는 것을 애써 숨기며 웃는 얼굴로 그렇게 위로했다. 마음 안에 자리 잡고 있는 것은 질투가 아니라 흥미였다. 그 두 여자의 가족―.

"과분한 말씀이옵니다."

이요 차관은 뱃길로 올라와서인지 볕에 그을려 까칠하고 피로한 모습이 보기에 좋지 않았다. 그래도 역시 태생이 천하지 않은 사람이라, 늙기는 했어도 단정한 용모에 어딘가 풍격마저 감돌았다. 과연, 그는 생각했다. 그 여인이 그리도 고집스레 나를 거부한 것은 이 남편 때문이었던가. 감탄스럽지 않은가. 요즘 세상에 보기 드문 정숙한 여인이다.

그런데 이요 차관이 말하길, 딸을 어딘든 적당한 곳으로 시집보내고 이번에는 처를 데리고 임지에 내려갈 작정이란다. 그는 마냥 손 놓고 앉아 있을 수가 없었다. 마음이 천 갈래 만 갈래로 흐트러져 우선 그 여인에게 시를 써서 보냈다. 그리고 다분히 형식적인 답장만 보내왔기에 박정한 처사라며 가슴 아파했다. 딸도 마음에 걸리지 않는 것은 아니었으나 이쪽은 언제든 마음만 먹으면 만날 수 있으리란 자신감이 있었기에 당장은 내버려두어도 괜찮을 것 같았다.

가을이 되었고, 그는 오늘 로쿠조에 와 있다. 이런저런 여자들 일로 애가 타서 본처 쪽에도 얼굴을 내밀 기분이 나지 않았다. 이렇게 애인의 집에 들러보아도 어쩐지 흥이 나질 않았다.

예전에는 그토록 사랑스러워 보였는데.

그는 쓸쓸함을 느끼며 눈을 내리깔았다. 로쿠조 여인의 가냘픈 등도, 보드라운 머리칼도 더는 옛날처럼 매력적으로 보이지 않는다. 쓸쓸함을 못 이겨 눈물이 날 지경이었다.

로쿠조 여인 또한 풀이 죽어 있었다. 워낙 뭐든 골똘히 파고들어 깊이 생각하는 성격인 데다 나이도 여자인 자신이 훨씬 많아 마음이 편치 않았는데 그의 발길이 뜸해지고 그 눈에 깃들어 있던 광기와도 같은 열정마저 꺼져 건성으로 잠자리를 치르기 무섭게 잠이 들고, 더구나 이렇듯 안개 자욱한 아침에 이별을 아쉬워하는 기색도 없이 떠나가려 하지만, 그런 그의 태도를 책망할 수도 없다.

당신은 변했어.

그렇게 입 밖에 내어 말하면 그 말이 현실로서 정착해버릴 것만 같은 기분이 들었다. 여자는 생생히 떠올릴 수 있다. 예전의 그의 그 포옹, 그 열정, 그 진실. 언젠가 여자가 모기에 물렸을 때

"안 돼."

하고 소리친 것은 그였다.

"당신의 살결에 닿아도 되는 건 나뿐이오."

여자는 웃었다.

"괜찮아요. 약을 바르면 금방 낫습니다."

그는 한없이 심각한 표정으로 여자를 바라보며

"그래도 싫어."

하고 아이처럼 도리질을 치고서, 딱 여자의 손목 부근, 발갛게 부어오른 자리에 입술을 눌러댔다. 세차게.

"배웅 정도는 하심이 어떠실는지요."

방에 홀로 남겨진 여자에게 시녀가 말했다. 격자창을 올리고 침실의 휘장까지 곱게 젖혀놓으니 여자로서도 고개를 내밀고 바깥을 보지 않을 도리가 없었다.

그는 정원에 서 있었다. 알록달록 흐드러지게 피어 있는 화초

앞을 그냥 지나치지 못하는 사람이었다. 아름답고 선명한 꽃빛에 눈을 가늘게 뜨고 멈춰선 그 모습이 얼마나 아름다운지. 역시나 여자는 넋을 빼앗기고 말았다. 바로 그때, 배웅하러 나간 시녀를 돌아보며 그가 무언가 말을 했다. 시녀를 지그시 바라보며 무슨 말인지 덧붙이고 손까지 잡았다. 여자에게는 들리지 않았지만, 그때 그는 이렇게 말하고 있었다.

"아름다운 꽃에게 내 마음이 옮겨 가기라도 한다면, 당신 여주인에게 변명할 길이 없겠지. 허나 여기 피어 있는 이 나팔꽃 같은 당신이라는 사람은 너무도 사랑스럽군."

로쿠조 여인으로서는 다행스럽게도, 이 시녀는 그를 다루는 법을 알고 있었다.

"안개 걷히길 기다리지도 않고 돌아가시다니, 이 집의 꽃다우신 여주인의 아름다움을 모르시는 것은 아니온지요?"

그는 쓴웃음을 지었다. 그리 진지하게 받아들이지 않아도 될 것을. 습관처럼 농을 걸어본 데 지나지 않으며, 껌 씹는 만큼의 기분 전환에도 못 미치는 수준이다. 그러나 이런 시녀라 해도, 그가 건넨 달콤한 말 한마디를 평생 기쁜 추억으로 간직하게 될 것이다. 언젠가 자식이나 손자 손녀에게 자랑할지도 모를 일. 이자는 그만큼 아름답고 미워할 수 없는 사내였다.

고레미쓰는 성실하게도 옆집의 상황을 자세히 파악하여 보고했다. 그 집에서 일하는 자들이 이렇게 말했다느니 저렇게 말했다느니, 어린 아이가 있다느니 없다느니. 그러면서도 정작 중요한 그 여자에 대해서는 누구인지 전혀 알아내지 못했다고 했다.

"하지만 딱 한 번, 얼굴을 얼핏 보았습니다. 무료했는지 툇마루에 나와 밖을 지나다니는 사람들이며 수레를 멍하니 바라보고 있었습니다."

무척 귀염성 있어 보이는 사람이었습니다, 라며 재빠르게 덧붙였다.

"남의 이목을 피해 숨어 살고 있는 듯합니다. 일하는 자에게 물어보아도 그런 여자는 없다고 대답하니까요. 그래서 뭐, 언뜻 본 느낌으로는 아이처럼 귀여운 사람이었는데, 하지만 어쩐지 쓸쓸해 보였습니다."

"쓸쓸해 보여?"

그는 고개를 갸웃했다.

"나만큼이야 쓸쓸하려고."

가슴 저미는 음성으로 읊조리기에 고레미쓰는 딱한 마음이 들었다. 그의 주변 여자들은 고레미쓰의 눈으로 봐도 자존심이 여간 센 게 아니었다. 그래서야 사내가 편히 마음 기댈 구석이 없다.

"고레미쓰."

네, 하고 대답한 고레미쓰는 그의 윤기 나는 검은 머리와 기품 있는 하얀 뺨에 반쯤 넋을 빼앗겼다.

"내가 그 집을 한번 들여다볼 기회를 만들어주지 않겠느냐."

그래서 일이 그리 되었다.

*

여자 입장에서 보면 어차피 그것은 아무려나 상관없는 일이었다. 이제는 덤으로 사는 인생이려니, 하는 생각으로 살고 있으니.

'내 마음이 너무 작아서.'

라는 것이 그녀가 주장하는 바였다.

내 마음이 너무 작아서, 마음에 품은 남성은 하나로 충분하다.

그 하나를 이미 만났고 즐거운 일도 많았다. 싫은 일도. 그 싫은 일 덕택에 이 집에 몸을 의탁하는 신세가 되었지만 그녀는 조금도 후회하지 않았다.

그야, 즐거웠으니까.

그녀는 생각했다.

정말로, 무척이나 즐거웠다.

추억은 아이들이 가지고 노는 구슬처럼 둥글고 사랑스럽고 확실한 감촉을 지니고 있어서, 그녀는 언제든 그것을 꺼내어 바라보았다가 손바닥에 얹어보았다가 하며 질리지 않고 놀 수 있었다.

'나는 겁쟁이니까.'

라는 것이 그녀가 또 하나 주장하는 바이다.

나는 겁쟁이니까, 살아 있는 남성보다 추억 속의 남성을 더 좋아하는지도 몰라. 그쪽이 더 안심되고, 아무에게도 방해받지 않고 실컷 생각할 수 있으니까.

그리고 그것은 기분 좋은 일이었다.

그녀가 지나치게 근심이 없다는 점을 곁에서 모시는 우근 같은 이들은 염려했다. 하지만 그녀는 생각했다. 근심 같은 게 무슨 도움이 되지? 라고.

뜰을 바라보던 옆집 손님을 그녀는 또렷이 기억하고 있었다. 아름다운 남자분이라는 생각에 예의상 부채에 그렇게 적어 보냈다. 하지만 실제로 깊은 밤, 수레도 타지 않고 남몰래 말을 타고 찾아와 느닷없이 꽉 끌어안았을 때에는 당황했다. 불쾌했다는 것은 아니다. 부자연스러울 정도로 초라한 행색이었지만 좋은 냄새가 났다. 손톱도 깔끔하게 손질되어 있었기에 신분이 낮은 사람은 아님을 짐작할 수 있었다. 하지만 이름도 밝히려 하지 않고 얼굴도 감추려 하고, 무엇보다 살아있는 남자라는 사실이 두렵게 느껴졌다.

그녀는 워낙 밤을 싫어했다. 밤에는 뜰에 무성한 덩굴풀도 시커멓게 보여 기분 나쁘고 바람 소리도 낮 시간에 비해 훨씬 험악하게 들린다. 정체 모를 남자에게 안기면서 그녀는 얼른 아침이 오면 좋겠다고 바랄 뿐이었다. 이러한 일은 여자로서의 의무이기는 해도 능숙하지 않다.

"이대로 아침이 오지 않으면 좋을 텐데."

곁에서 그가 애달프게 중얼거렸다.

"정말이지, 내가 정상은 아닌 듯싶소. 당신을 여기에 두고 돌아가야 하다니, 상상만으로도 견디기가 힘들어."

너무 힘껏 끌어안기는 바람에 자신의 팔꿈치가 늑골을 눌러 아플 정도였다. 그의 숨결이 살갗을 뜨겁게 데우고 그것이 그녀를 한층 불안하게 만들었다.

그런 일이 번번이 있었다. 사람을 붙여 뒤를 밟아 그의 정체를 확인하려고도 해보았지만 한심하게도 늘 따돌림 당한 채 돌아왔다.

"하다못해 성함 정도는 가르쳐주셔도 괜찮지 않사옵니까?"

작심하고 물어봐도 남자는 난감한 표정으로,

"그런 게 중요한가?"

하고 도리어 되물었다.

"이렇게 내 마음이 당신을 향하고 있는데."

진심이 가득 담긴 그 말에 그녀는 어찌할 바를 몰랐다. 오히려 괴로움이 묻어나는 남자의 음성은 그녀의 가슴마저 저미게 했다.

"미안해요."

도저히 배겨낼 수가 없어 그녀는 그만 사과를 했다. 그러면서도 자신이 왜 사과하는지 이유를 몰라 혼란스러웠다.

"착하군."

남자는 문득 미소를 지었으나 그 미소 또한 그녀의 마음을 몹시 아프게 했다.

"이리도 착하고 다정한 여성을, 나는 지금껏 살아오면서 한 번도 본 적이 없다오."

그런가? 그녀는 자문했다. 나는 착한 걸까? 지금 이 사람에게 다정하게 대하고 있는 걸까? 그리고 아니라고 결론 내린다. 아니다. 뭐가 뭔지 모르겠고 나는 이 사람이 가엾게 느껴졌을 뿐이다.

괴로워 보여서. 괴로워하는 남자의 모습을 보니 슬퍼졌다.

그녀가 그 말을 입 밖에 냈다. 하지만 그 말 속의 무언가가 그를 심하게 부채질한 듯, 그는 다시금 애달프게 신음하더니 막무가내로 그녀를 끌어안았다.

그의 외골수적인 면모는 정도를 벗어나 있었다. 여자로서 그것이 기쁘지 않았다고 하면 거짓이겠지만 동시에 그녀를 겁먹게 했다. 놀이 구슬 같고 눈깔사탕 같은 추억만을 소중히 간직한 채 지금껏 조용히 살아왔는데.

"이 집은 잠시 머무는 곳이지요?"

어느 날 밤, 남자는 그렇게 물었다.

"네에."

여자가 대답했다. 몸을 의탁할 수 있는 집이 있다는 것만도 행운이었다. 앞으로 어찌 될지는 그녀 자신도 가늠할 수 없었다. 그래도 괜찮다고 생각했다. 이제는 덤으로 사는 인생이니까.

"허면."

남자가 그녀의 뺨에 뺨을 갖다 댔다. 짐짓 비밀 이야기를 하듯 귓가에 속삭였다.

"내가 오늘 밤, 당신을 안전한 곳으로 데려갔으면 하오."

말의 의미를 이해하는 데 잠시 시간이 걸렸다.

"오늘 밤?"

그렇게 물은 까닭은 또다시 어찌해야 좋을지 알 수 없어졌기 때문이었다.

"하지만."

그녀는 필사적으로 생각했다. 생각에 생각을 거듭한 끝에 솔직한 심정을 말했다.

"하지만, 그건 너무 갑작스럽고 기괴한 일이옵니다. 어디의 누구인지도 모르는 분을 따라가다니요."

남자가 미소를 지었다.

"겁이 많구려. 그런데 과연 어느 쪽이 여우일는지……. 아무튼 지금은 그저 내게 홀린 채로 계시게."

또다, 하고 여자는 생각했다. 또다, 이 사람의 말은 믿기에 전혀 모자람이 없는 것처럼 들린다. 이 몸은 이제 어느 누구의 말도 닿지 않는 곳에 있다 여겼건만, 바로 그 자리에 곧장 와 닿는다. 게다가―. 이미 날이 밝아오고 있었다. 하루를 일찍 시작하는 남정네들이 서로 인사를 나누는 목소리가 들려왔다. 까마귀 우짖는 소리도. 그토록 남의 눈을 피해 밤에만 찾아왔다 돌아가버리는 사람이었는데, "한시도 떨어져 있기 싫다"라고 했던 말 그대로 정말 이곳에 있다.

그녀는 처음으로 자진하여 남자의 뺨에 손을 갖다 대어 보았다. 환상이 아니라는 것을 확인하려는 듯이.

그때 한층 큰 소리로 까마귀가 울었다. 깜짝 놀라 손을 물리자 남자는 자못 재미있다는 듯이 킬킬거렸다.

"아, 정말이지. 귀여운 사람이야."

격의 없는 말투에 여자도 따라서 살포시 웃었다.

남자가 창을 열었기에 이른 아침 하늘을 둘이서 바라보았다. 여자는 방 안이 어지럽혀져 있는 것이 민망했지만 어디나 마찬가지라고 고쳐 생각했다.

"이 집의 정원은 재미있군 그래."

남자는 아주 느긋한 모습으로 창 너머 바깥을 보면서 말했다.

"잡초가 무성하게 우거져 있으니 아침 이슬이 반짝거려서 아름다워."

"그렇지요. 저도 정원은 좋아해요."

그녀에게는 익숙한 경치였다.

"귀뚜라미 소리를 이렇게 가까이서 듣기는 처음이야."

"그런가요?"

그녀는 놀라서 남자의 얼굴을 보았다.

"시끄러울 정도로 우는데. 게다가 여기엔 나비도 와요. 얼마나 예쁜지. 나비는 좋아하시나요? 저는 무척 좋아하는데."

남자는 눈을 가늘게 뜨고 눈부신 듯이 여자를 바라보았다. 더없이 사랑스럽고 경이로운 것을 보는 듯이. 여자는 기쁜 듯 말을 이었다.

"제일 좋아하는 나비는 부전나비예요. 조그맣고 몸놀림이 가볍죠. 두 번째는 배추흰나비. 그 아이들, 어디까지 날아갈 수 있을까."

"글쎄. 학자에게 물어보아도 되겠지만……. 저쪽에 가서 마저 이야기하지. 우근을 불러 짐을 꾸리라 일러요. 수레도 준비해야 하니."

그녀의 웃는 얼굴이 순식간에 흐려졌다.

"벌써요? 어찌 이리 급하게?"

남자는 직접 우근을 불렀다.

"너무하군."

상처받은 양 말했다.

"나를 믿어주지 않는구려. 내가 얼마나 당신을 그리는데. 밤에도 잠이 오지 않고 밥도 목구멍에 넘어가지 않는데 말이오."

공정하지 않다. 그녀는 생각했다. 그렇게 말하는 건 반칙이다. 마치 내가 심술을 부린 것처럼 느껴지잖아.

"미안해요."

그래서 그렇게 말했다.

"하지만, 우근을 데려가도 괜찮겠죠? 우근과, 호위할 사람도 하나 더. 아주 낯선 곳에 가는 것이니."

"물론이지."

남자가 대답했다.

"그보다 저 소리를 들어보시오."

부러 귀를 기울일 것도 없이 어디선가 기도하는 소리가 들려왔다. 미타케 정진긴푸산에 불공을 드리러 가기 전에 천일 동안 정진 재계를 하는 것이라도 하는지 여럿이 늙수그레한 목소리로 열심히 염불을 외고 있었다.

"저 노인들도 이승이 전부라고는 생각지 않잖소."

남자는 진지하게 중얼거리고 나서 이런 시를 읊었다.

저 행자들의 기도를

길잡이 삼아 떠나려네

내세에도

내내 함께 있기를

여자는 고개를 갸우뚱했다. '내내 함께'라는 대목은 듣기에 달콤해서 좋았지만 그 외 부분은 납득이 가지 않았다.

전생에 무엇을 했다는 건지

지금은 쓸쓸한 몸이랍니다

하물며 내세 일일랑

바람에게 묻는 것이 낫지 않겠나요

그래서 그렇게 대답했다.

어딘지도 모를 곳을 향해 수레에 몸을 흔들리며 가는 동안에도 여자는 그저 불안했다. 느낌이 괜찮은 남자다 싶었고, 아무래도 신분이 높아 보이는 까닭에 우근은 신바람이 나 있지만, 그래도 따라나서지 말았어야 할 것 같은 기분이 들었다.

어디나 상관없어.

애써 그렇게 생각하려 했다. 내게는 어디나 마찬가지다.

무슨 원院이라는 곳에 도착한 모양이었다. 남자가 관리인을 불러내어 이것저것 지시를 내렸다. 수레의 발을 걷어 올려놓았기에 황폐해진 문 주위며 나무 그늘이 만들어 내는 짙은 어둠 속에 풀이 무성한 정원이 보였다. 안개까지 자욱하고 습해서 무척 으스스한 곳이라는 것을, 여자는 수레에 앉아서도 알 수 있었다.

"내가 이런 일은 처음 해봐서. 좀 떨리는군."

남자는 멋쩍은 듯 작은 목소리로 말했다.

"어디죠, 여긴?"

묻는 목소리가 떨렸다. 무섭고, 조금 추웠다.

"별장."

남자가 대답했다. 이 사람이 이렇게 즐거워 보이니 틀림없이 괜찮을 거야, 여자는 그렇게 생각했다. 이 사람 옆에 꼭 붙어서 가보자. 나쁜 짓을 할 것 같은 사람은 아닌걸―.

"무척 음산하네요."

조심스레 말하자 남자는 사랑스러운 듯 대답했다.

"일부러 그런 장소를 고른 거요. 아무도 방해하지 못하도록."

집 안으로 들어서자마자 죽을 차린 상이 올라왔다. 둘 다 아무 말 없이 그것을 후루룩후루룩 삼켰다. 어두운 방 안에서. 그리고 나서 그녀는 다시 남자에게 안겼다.

"이로써 이제 당신은 나의 것이야. 그렇지요?"

귓전에 그런 속삭임을 들으며.

*

그의 심정으로 말하자면, 사랑스러워서 견딜 수가 없었던 것
이다. 그녀는 그가 여태 만나온 여자들 중 어느 누구와도 닮은 구
석이 없었다. 어린아이처럼 천진난만하고, 그렇다 하여 사내에
대해 전혀 모르는 것도 아니었다. 알고 있는 것을 숨기려 하지도
않았다. 몸이 나긋나긋한 것도 좋았다. 보채기만 하면 거의 어떤
모양새든 될 수 있었다. 그래서 그는 오늘 아침 완전히 흐물흐물
해진 몸으로 잠이 들었다.

눈을 떴을 때는 해가 중천에 솟아 있었다. 방 안으로 밝은 햇살
이 비쳐 들었다. 여자는 이미 일어난 후였지만 그의 곁에 딱 붙어
있었다.

"잘 잤소?"

말을 건네자 여자는 천천히 눈을 깜박이고, 그러고 나서 천천
히 미소 지었다. 안심했다는 듯이.

그는 창을 열고 황폐한 정원을 바라보았다. 부러 고른 장소라
고는 해도 이렇게까지 황량할 줄은 몰랐다.

"을씨년스럽군. 귀신이라도 나올 것 같아."

농담으로 한 말이었는데 여자는 움찔하며 얼어붙었다. 떨고

있었다.

그가 웃었다.

"괜찮아요. 겁쟁이로군. 설령 귀신이 산다 해도 나는 건드리지 못할 거요."

여자는 잠시 생각하더니,

"진짜로요?"

하고 물었다.

"당연히 진짜지."

그렇게 대답하자 여자는 살짝 긴장을 풀고 웃었다. 그는 다시 그녀를 부둥켜안지 않을 수가 없었다. 이리도 나를 의지하는 여자를 어찌 싫어할 수 있으랴. 내내 숨겨왔던 얼굴도 보여줘버리자고 그는 결심했다.

그 저녁 만났을 때
빛을 보았노라 했더랬지
자, 끈을 풀고 얼굴을 보이리

"어떻소?"

그가 물었다.

여자는 그를 가만히 바라보았다. 그러더니 키득키득 웃으며
이렇게 답했다.

빛을 보았다 여겼는데
아마도 그때는
어스름한 저물녘이라
잘못 보았나보다

장난치고 나서 야단맞기를 기다리는 어린아이 같은 표정으로
그렇게 말한 여자를 보며 그는 또다시 귀엽다는 생각을 했다. 허
물없이 대해주는 것 또한 기뻐서, 여기로 데려온 보람이 있구나
싶었다.

고레미쓰가 찾아와 방에 과일을 들여보내주었다. 조심하느라
방에 들어오지는 않고 아랫사람에게 살짝 부탁한 모양이었다.
둘이서 배를 먹었다. 사각사각 시원하게 씹히는 배는 달고 싱싱
했다. 정말 행복한 오후라고 그는 생각했다.

"내가 얼굴까지 보였으니, 당신도 자신에 대해 터놓고 말해주
시지요."

그렇게 말했을 때 그는 그녀가 적어도 이름 정도는 가르쳐주

리라 믿었다. 그러나 여자는 입을 다물었다.

"가르쳐주지 않으려는 겁니까?"

다시 한번 졸라보았다. 여자의 대답은 애매했다.

"거처도 없이 떠도는 어부의 자식인걸요."

대답하는 그 모습이 한없이 쓸쓸해 보여 그는 가슴이 저몄다. 일이 여기까지 이르렀어도 자신에게 마음을 온전히 열어주지 않는 것이 슬펐다. 지금쯤 궁중에서는 모두들 자신을 찾고 있을 터인데 그런 사람들에게 걱정을 끼치고, 로쿠조 여인과의 의리도 저버린 채 이렇게 여기에 있건만.

"야박하군."

그만 원망의 말을 내뱉은 것도 어쩔 수 없는 일이었다.

그 일이 일어난 것은 한밤중이었다. 그가 살짝 잠이 들었을 때 머리맡에서 목소리가 들려왔다.

"훌륭한 사람이라고 생각했는데. 이토록 당신을 흠모하고 있는데."

가만 보니, 아리따운 여자가 앉아 있었다.

"그런데 그런 나를 버려두고, 이렇게 평범하고 보잘것없는, 잘 알지도 못하는 여자를 데려와서 총애하다니, 분하고 원통합니다."

여자는 그렇게 말하더니, 그에게 바싹 달라붙어 자는 또 한 여자를, 가늘고 창백한 손으로 흔들어 깨우려 했다. 자는 여자를 위에서 내리누르며 거의 미소에 가까운 표정을 띠고서. 여자의 날카로운 손톱이 살갗을 파고들었다.

그 순간 그는 눈을 떴다. 잠에서 깨고 나서도 놀란 가슴이 가라앉지 않고 식은땀이 흘렀다. 켜두었던 등불도 꺼져 있었다. 불길한 느낌에 그는 긴 칼을 빼어들어 부적 삼아 옆에 놓아두었다.

"우근!"

옆방에 있는 우근을 불러들였다.

"숙직하는 자를 깨워서, 불을 붙여 오라고 하게."

하지만 우근도 잔뜩 겁을 내며 말했다.

"이렇게 어두운데 어떻게 가라 하시는지요. 도저히 못 갑니다."

"어린애 같긴."

그는 쓴웃음을 짓고 사람을 부르려 손뼉을 쳐본다. 그러나 그 소리만 밤공기 속에 메아리쳤다.

"왜 아무도 오질 않지?"

의심이 들 즈음 곁에서 자는 줄만 알았던 여자가 눈을 뜨고 있음을 그는 알아챘다. 눈을 뜬 채 벌벌 떨고 있었다. 그 눈은 초점을 잃고, 말을 걸어도 귀에 들리지 않는 듯했다. 그가 가만히 머리에 손을 대보고 뺨에 입술을 대보아도 여자는 전혀 반응하지 않았다.

"이런, 어찌 이러시는지요. 원래 무서움을 많이 타시는 분입니다. 얼마나 겁이 나셨으면 이러실까."

불안에 떠는 목소리로 우근이 말했다. 그러고 보니 여러 번 "무섭다"는 말을 했었다. 그것을 기억해내고 그는 또다시 가슴이 저몄다.

"가엾기도 하지."

우근을 그곳에 남겨두고 직접 가서 사람을 불러오기로 했다. 그가 서쪽 문을 열어젖히고 보니, 건널 복도에도 불이 꺼져 있었다. 바람이 불어왔다. 그렇잖아도 몇 안 되는 시중꾼들이 모두 잠들어 있는 듯하여 그는 화가 치밀었다.

"불을 밝혀 오너라. 너희들이 자고 있으면 어찌하느냐."

겨우 나타난 자는 관리인의 아들로, 순찰을 도는 중인 듯했다.

"고레미쓰는 어찌 되었느냐? 저녁에 과일을 가지고 왔을 터인데."

"부름이 없으실 테니 아침이 되면 모시러 오겠다고 하고 저녁나절에 돌아가셨습니다."

이 젊은이가 순찰을 돌고 있다면 아직 그리 늦은 시간은 아닌지도 모른다. 그는 그렇게 생각하면서 여자들이 기다리는 방으로 돌아왔다.

우근이 푹 엎드려 있었다.

"대체 어찌 이러는 것이냐. 겁을 먹어도 정도가 있지. 이런 곳에는 여우도 나오고, 이따금 그것들이 사람을 겁주려고 못된 짓들을 하는 법이거늘. 내가 있으니 괜찮다."

우근은 흠칫거리며 얼굴을 들었다.

"아, 어쩐지 기분이 좋지 않군."

발을 들어 올리고 내실에 들어서자, 그가 태어나서 처음으로 유괴 비슷한 짓까지 해가며 이곳으로 데려온 사랑스러운 여성, 우근의 여주인이 꼼짝도 하지 않고 쓰러져 있었다. 그는 방금 전 우근을 야단쳤던 것과는 사뭇 다른 다정한 어조로 물었다.

"이보게, 어찌 그러고 있습니까?"

곁에 가만히 몸을 누이고 한손을 둘렀다. 키득거리는 웃음소리가 돌아오기를 기대하고 있었다.

"이제 괜찮다니까."

정말요? 의심스러운 양, 하지만 오로지 자신만을 바라보며 그렇게 물어오겠거니 여겼다. 맞닿은 살갗은 이미 싸늘하고 입술에서는 숨결 한 오라기도 새어 나오지 않았다.

불을 가까이 가져오게 하여 들여다보니 유가오는 숨이 끊어져 있었다. 아까 꿈속에서 머리맡에 앉아 있던 그 여자가 환영처럼 불빛 속에 떠올랐다가 쓱 사라졌다. 내실에는 그와, 시신이 남았다. 망연자실하여, 눈앞의 사실이 믿기지가 않아서, 그는 유가오에게 말을 걸었다.

"이제 숨을 쉬어 보시오. 내게 이런 슬픔을 안기다니. 짓궂은 사람이로군. 제발 부탁이니, 얼른 눈을 떠보란 말이오."

내실 바깥에서는 우근이 울고 있었다. 하지만 그는 쉼 없이 유가오에게 말을 걸었다.

"당장 여기를 나갑시다. 지금 당장 고레미쓰를 불러오라 했으니. 당신을 이런 곳에 데려와서 미안했소. 내 사랑, 설마 정말로 가버린 건 아니지요?"

그는 미소마저 짓고 있었다. 평정을 잃어서는 안 된다고 생각했다. 내가 흔들리면 그녀가 불안해한다. 그래서 꿋꿋이 말을 걸었다.

달려온 고레미쓰의 얼굴을 보고서야 그는 울었다. 그녀의 순수함과 다정함이 그립고, 불행한 최후가 가련하고, 하지만 자신에게 이토록 큰 슬픔을 안긴 채 저 혼자 홀연히 떠나버린 것이 잡힐 듯 잡히지 않던 그녀다운 기분도 들고, 남겨진 자신은 어찌해야 할지 절망감에 휩싸여 울며 탄식했다. 그에게도 고레미쓰에게도 이런 사태는 예상 밖의 일이었다. 비밀리에 그러나 극진하게 장례를 치르기 위한 계획은 충실한 고레미쓰가 떠맡았다.

"그녀는 나비를 좋아했어."

그가 말했다.

"어두운 곳을 싫어했어. 불안해하고 내 곁을 떠나려 하지 않았지. 하지만 가버렸어."

겨우 찾아냈는데, 라고 그는 생각했다.

"마지막까지 자신의 신상에 관해선 말해주지 않았어. 그렇게 억지로 데려오고, 가엾게도 못할 짓을 했어. 그 여름 저녁나절, 하얀 꽃에 눈길을 주었을 뿐인데."

하지만 그것은 어쩔 수 없는 일이었다. 로쿠조에서 여인이 기다리고 있다는 것은 알았지만, 고레미쓰의 어머니이기도 한 유모를 문병하기 위해 들른 길이었으니까.

알
렌
테
주

올리브 나뭇잎 뒷면은 하얗다. 먼지 피어오르는 시골길, 나무
들은 조금씩 조금씩 햇살에 타들고 메말라가면서, 바람도 없는
데 잎사귀 뒷면을 보이며 흔들거린다. 조수석 창문으로 바깥을
내다보면서, 나는 이제 막 시작된 이 여행에 벌써부터 진저리를
쳤다.

마누엘은 기분이 무척 좋아 보인다. 도중에 들른 휴게소에서
산 우스꽝스러운 안경—얼마 전에 끝난 월드컵 때 열광하던 관
중들이 쓰고 있던, 알 없이 테만 있는 싸구려 티 나는 커다란 안
경—을 쓰고 카스테레오에서 흘러나오는 곡에 맞춰 콧노래를

흥얼거리며 운전하고 있다. 숱 많은 검은 머리에 반듯한 이목구비, 늘씬하고 균형 잡힌 몸매. 요상한 안경 하나를 덧붙였다고 해서 그의 아름다움이 깎이는 일은 없다.

"까줘."

마누엘이 내 무릎에 종이봉투를 올려놓는다.

"어떤 거?"

스니커즈, 에너지 바, 포테이토 칩, 오렌지, 삶은 달걀.

"삶은 달걀."

나는 순순히 그것을 꺼내 껍데기를 깐다.

알렌테주에 가자는 말을 꺼낸 사람은 마누엘이었다.

"전원으로 떠나는 작은 여행, 멋지지 않아?"라고 했다. 우리에게는 휴가가 필요하다면서.

"무슨 뜻이야?"

그렇게 물은 까닭은 바로 얼마 전에 벌인 말다툼의 앙금이 아직 덜 풀린 채 내 안에 남아 있었기 때문이다.

"바람피운 것을 여행으로 때우겠다고?"

내 말에 마누엘은 슬픈 표정을 지었다.

마누엘의 바람—이랄까, 모든 사람에게 발휘되는 애정—은 어제오늘 시작된 일이 아니다. 그는 자신의 매력을 너무나 잘 알고 있고, 사람들에게 그 매력을 나눠주는 것을 거의 의무처럼 여기고 있다. 그는 절대 아끼지 않는다. 말도, 웃음도, 우정도, 자신의 육체까지도. 그러한 행위가 때로는 나에 대한 배신으로 이어진다는 생각은 아예 못 하는 모양이다.

왜? 어째서 그게 배신이 되는데? 내가 누구에게 애정을 주든 어차피 그런 내가 전부 너의 것인데.

속 좁은 내가 문제겠지. 속 좁고 편협하고, 음울하고 질투심 많은 루이스. 운전석에 앉은 이 남자와는 확연히 다르다.

"자."

껍데기를 다 벗긴 달걀을 내밀자 마누엘은 윗몸을 굽혀 반을 덥석 베어 물고는 물티슈 팩을 내게 툭 건넸다. 얼음이 다 녹아버린 아이스커피와 함께 남은 달걀 반쪽을 마저 삼키더니,

"덥네."

하고 중얼거리며 에어컨 바람을 좀 더 세게 조절했다. 바깥 기온은 40도까지 올라가 있다.

바텐더라는 직업의 특성상 아침에 들어올 때가 많은 마누엘은 선탠오일을 바르고 베란다에서 낮잠을 자는 단순한 방법으로 올여름 온몸을 태웠다. 원래는 나만큼 하얀 피부였는데.

별장식 숙소에 도착한 것은 예정했던 2시가 훌쩍 지나 3시가

다 되어갈 즈음이었다. 높이 자란 잡초 사이로 보일 듯 말 듯하게 작은 간판이 서 있었는데 건물은 거기서부터 다시 차로 5분 이상 들어가서야 나왔다.

"아무것도 없는 동네네."

가축 냄새라도 맡고 싶은지 마누엘이 창문을 열면서 그렇게 말했고, 나는 어깨만 으쓱하고 말았다.

"그야 시골이니까. 일부러 이런 데를 고른 거 아냐?"

평야, 초원, 들판. 뭐라 불러야 맞는지 모르겠지만 아무튼 흙과 풀, 나무들, 군데군데 보이는 들꽃. 단조로운 풍경이다. 차에서 내리자 공기가 뜨겁다 못해 아지랑이가 피어오를 정도였고, 어디선가 벌의 날갯짓 소리가 들려왔다.

입구의 문은 활짝 열려 있는데 건물 안은 서늘하니 곰팡내가 나고 프런트에는 아무도 없었다. 프런트뿐만 아니라 건물 안이고 밖이고 아무도 없었다. 아담한 식당에도, 덧창문까지 닫혀 있어서 어둑어둑한 바Bar처럼 보이는 공간에도. 마누엘이 둥근 은색 초인종을 두 번 울렸다. 첫 번째는 땅 하고 가볍게, 두 번째는 땡땡땡땡 하고 시끄럽게.

"영업을 하긴 하는 건가?"

나는 갑자기 불안해졌다.

"하겠지. 예약까지 했는데."

마누엘은 그렇게 말하더니,

"꽁 리쎙싸, 보아 따르지Com licença, Boa tarde(실례합니다, 안녕하세요)!"

하고 소리쳤다. 사람은 안 나타나고 대신 벽에 걸린 뻐꾸기시계가 세 번 울리는 바람에 우리는 깜짝 놀랐다.

이래서 싫다니까, 시골은.

자칫 그 말이 튀어나오려는 순간, 그제야 바깥에서 사람이 들어왔다. 물색 셔츠에 베이지색 바지, 탄탄한 체격에 키가 큰 남자였다.

"아, 미안해요. 기다리게 했나 보네."

남자는 상냥하게 말하더니 프런트 데스크 안으로 돌아 들어가 재빨리 컴퓨터 자판을 두드렸다.

"저어, 마누엘 브라가 씨던가요? 3박 4일이죠?"

체크인은 마누엘에게 맡기고 나는 문간에 걸터앉았다. 생수병을 꺼내 들고 거의 더운 물처럼 덥혀진 물을 한 모금 마셨다. 두 다리 사이의 땅바닥에 개미집이 있고, 길이가 2센티미터는 돼 보이는 큼직한 개미들이 여러 마리 분주히 돌아다니고 있었다. 나는 한동안 그 개미들을 관찰했다. 개미들의 행동에 뭔가 질서가 있을 것 같았기 때문이다. 하지만 그런 건 없었다. 혹여 있다 해도 나로서는 찾아낼 수 없었다. 개미들은 그저 제멋대로 흩어져 우왕좌왕하는 것처럼 보일 뿐이었다.

체크인은 좀처럼 끝나지 않았다. 등 뒤에서 주인인 페르낭(본인이 그렇게 말했다)이 마누엘에게 설명하는 목소리가 들렸다.

"뭔가 필요한 게 있으면 언제든 프런트로 전화하세요. 메이드가 곧바로 갈 테니까."

또는 이런 말도 들렸다.

"덕분에 방이 다 찼어요. 피서철이라서. 태양, 조용한 환경, 프라이버시, 다들 그런 것들을 찾아서 오지요."

참 수다스러운 남자다. 지나치게 쾌활하다.

"아, 수영장도 있어요. 손님방에서 나오면 바로지요. 바Bar는 저녁부터 밤 열한 시까지, 조식은……."

미적지근한 물을 나는 한 모금 더 마셨다. 바람 한 점 불지 않는다. 티셔츠가 등짝에 들러붙어 있다. 자동차 엔진 소리가 들리고 녹색 로버미니가 다가오는 것이 보였을 때 나는 왠지 모르게 마음이 놓였다. 태양과 조용한 환경과 프라이버시에 내가 익숙지 않은 탓이리라. 로버미니는 우리 차 바로 뒤에서 멈췄다. 양쪽 차문이 거의 동시에 열리더니 중년 여성 둘이 내렸다.

"실례."

차 소리를 들은 페르낭이 그렇게 중얼거리며 내 옆을 지나쳐
갔다. 동시에 건물 뒤편 어딘가에서 원피스 차림의 한 여자도 부
리나케 달려갔다.

"격하게 반기는 군. 우리 때랑은 너무 다른데."

마누엘이 그렇게 말하며 내 옆에 앉았다. 두 손에 지도를 펼쳐
들고 있었다.

"우선 장부터 봐야지. 제일 가까운 슈퍼가 여기라는데. 낭패
네."

밤 11시 이후에 술을 마실 수 있는 가게가 없다니, 마누엘로서
는 사활이 걸린 문제였다.

"거기, 개미집 밟지 않게 조심해."

내가 가르쳐주었다.

로버미니 뒷좌석에서 아이 하나가 기어 나왔다. 여자아이였
다. 짧게 자른 머리에 삐삐 말랐고, 수수한 여름 원피스를 입고
있었다. 두 중년 여성은 외국인인 듯했다. 페르낭이 영어로 사과
하고 있었으니까. 이윽고 두 사람은 다시 차에 오르더니 비포장
도로를 따라 되돌아갔다.

"미안합니다."

돌아온 페르닝은 우리에게도 다시 사과했다.

"가출했던 딸이 돌아와서요. 바로 방으로 안내해 드리겠습니다. 차는 저희가 주차장에 옮겨둘게요."

가출했던 딸? 나는 그 여자아이를 다시금 바라보았다. 머리가 엉망으로 헝클어져 있었다. 고무 슬리퍼를 신었고, 소지품이라고는 다 낡은 토끼 인형 하나뿐인 듯 보였다. 입을 꾹 다문 채 눈이 마주친 나를 당차게 노려보는 기개는 보여주었지만, 가출을 시도하기에는 누가 보더라도 너무 어렸다. 맞이하러 나온 원피스 차림의 여자—엄마일 테지—와 손을 꼭 잡고 있었다.

"상습범이에요."

그 여자가 피로와 당혹감이 묻어나는 웃음을 띠며 말했다. 어깨까지 내려오는 부드러운 머릿결, 사려 깊어 보이는 눈. 눈동자 색이 딸과 같은 헤이즐넛색이라는 사실을 나는 깨달았다.

"상습범?"

되물었지만 그 질문은 페르닝이

"제 아내 플라비아와 딸 엘레나입니다."

라고 웃으며 소개하는 바람에 흐지부지되고 말았다.

안내받은 방은 깨끗하고 에어컨도 제대로 돌아서 쾌적했다.

숙소 부지 안은 오솔길이 미로처럼 복잡하게 나 있고, 각 방들 사이의 거리가 그리 멀지 않은데도 울창하게 우거진 수목과 덩굴 식물, 사람 손길이 전혀 닿지 않은 듯 보이지만 아마도 잘 손질되고 있을 꽃들에 둘러싸여 있어서 주인 말마따나 다른 사람들로부터 그리고 기타 소음으로부터 완벽하게 벗어난 느낌이었다. 아니, 아예 세상으로부터 홀로 떨어져 나와 있는 듯한 느낌마저 들었다.

더블 사이즈 침대 하나가 공간의 대부분을 차지하고 있는 침실 외에 난로가 있고, 북아프리카 민속풍 러그와 쿠션이 배치된 거실, 부엌과 욕실이 있었다.

"괜찮네."

실내를 한 바퀴 둘러보고 침대에 앉아 담배에 불을 붙인 마누엘이 말했다.

"그림 그리기에는 딱 좋겠어."

두꺼운 유리창 너머로 숨 막힐 듯 빽빽한 녹음이 보였다. 마누엘의 그 말에 나는 맞장구를 쳤지만 여기서 그림을 그릴 생각은 없다. 그림만 그리면 행복한 인간인 줄 아는 것도 싫고, 마누엘의 말투를 보면 마치 내가 원해서 이곳에 온 것처럼 들린다.

"샤워하고 올게."

내 목소리가 무뚝뚝하고 기분 나쁘게—어쩌면 심통이 난 것처럼—들렸을 것이다. 사실 난 기분이 나빴다. 하지만 마누엘은 신경 쓰지도 않는지 오히려 쾌활하게 말했다.

"알았어. 그럼 난 그동안 장보러 나갔다 올게."

그러더니 삐걱거리는 침대에서 벌떡 일어나 담배를 재떨이에 비벼 껐다. 그런데 내가 어지간히 묘한 표정을 짓고 있었나 보다. 내 쪽을 바라본 마누엘이 갑자기 웃으면서 나를 끌어안았으니까.

"뭘 그렇게 불안한 표정을 짓고 그래, 남자 녀석이."

그리고 말했다.

"기껏해야 슈퍼에 다녀오는 거잖아."

결국 늘 이렇게 돼버린다. 슈퍼마켓의 각 코너 사이를 마누엘과 나란히 걸으면서 나는 내가 대체 무엇을 바라고 있는지 알 수 없어진다. 마누엘 곁에 있는 것인지, 마누엘에게서 떨어지는 것인지.

우리는 만난 지 4년 반, 같이 산 지는 2년 반이 된다. 흔해 빠진 첫 만남(술집에서 우연히 만난 친구에게 소개 받았다)이었고, 만나고 나서 곧바로 서로에게 끌린 것도 아니다. 마누엘이 일하는 가게의 점장(뼛속까지 게이로 올해 환갑을 맞이하는데 30년 가까이

같이 사는 파트너가 있다)이 이따금 지난날을 돌아보며 말하듯이 '마음속에서 무언가 불꽃이 튀었다'라고 할 일도 없었고, '세상이 갑자기 반짝반짝 빛이 나 보였다'는 느낌도 없었다. 그럼에도 우리는 조금씩 서로를 발견해 나갔고, 한 집에서 살게 된 개와 고양이가 종종 그러는 것처럼 차츰차츰 서로의 존재를 인정하고, 필요로 하고, 어느새 없어서는 안 될 가까운 사이가 되었다. 지금까지 우리는 대체로 양호한 관계를 유지해왔다고 생각한다(마누엘은 나를 가리켜 세상에서 가장 재미있는 녀석이라고 말하고, 나는 혼자 내버려두면 세상에서 제일 걱정되는 녀석이 마누엘이라고 생각한다). 하지만 요즘 들어 나는 마누엘이 바람을 피운다고 생각하게 되었고, 마누엘은 내가 자신을 속박하려든다고 말한다.

속박이라고? 그냥 넘어갈 수 없는 말이지만, 사실 저 프랑수아즈 사강도 『사랑은 속박』원제 La laisse. 우리나라에서는 『황금의 고삐』라는 제목으로 번역 출간됨인가 하는 소설을 쓰지 않았던가? 하긴 그 책의 결말은 슬픈 내용이었지만.

난감한 것은 내 마음속 어딘가에선 마누엘이 옳다는 것을 알고 있다는 사실이다.

우리는 둘 다 자신이 게이임을 숨기지 않지만, 누군가에게 상대방을 소개할 때는 '내 친구 마누엘', '내 친구 루이스'라고 말한다. 그냥 그것이 가장 진실에 가까운 느낌이 들기 때문이다.

진실은 언제나 나를 무너뜨린다. 진실은 가차 없다.

물과 맥주, 진저에일, 그리고 병에 든 올리브를 사가지고 슈퍼를 나왔다.

플라비아와 엘레나를 만난 것은 주차장에서 숙소로 이어지는 오솔길에서였다. 두 사람은 꽃을 따고 있었다. 손으로도 쉽게 딸 수 있을 듯한 작은 풀꽃이었는데 정원용 가위로 한 송이씩 정성스럽게 자르고 있었다.

"올라Ola(안녕)!"

우리가 인사하자 플라비아도 같은 말을, 다만 훨씬 작은 목소리로 작은 웃음과 함께 되돌려주었다.

"안녕, 가출 소녀. 기분은 어때?"

마누엘이 이 세상 모든 떠돌이 개들이 졸졸 따라올 성 싶은(그럴 것이라고 내가 항상 생각하는) 선량하고 자신감에 찬 말투로 말을 걸었다. 하지만 엘레나는 그저 쌀쌀맞게

"벵Bem(좋아요)."

하고 대답했을 뿐이었다. 자신에게 말을 건 사람—여행자, 손님, 남자들, 그 누구이건—에게 눈길 한번 주지 않았다.

"식당에 꽂아둘 꽃을 따고 있어요."

플라비아가 설명했다.

"그게 네 '일'이니까. 그렇지 꼬마 아가씨?"

엘레나는 엄마 말을 못 들은 양 무시했다. 아마도 테이블 수에 맞게 꽃을 다 자른 모양이었다. '일'의 성과를 엄마 앞에 내밀어 보이더니 아무 말 없이 본채로 뛰어가버렸다. 우리는 나란히 서서 그 작은 뒷모습을 지켜보았다.

플라비아가 한숨을 내쉬었다.

"미안해요. 제 언니가 없어진 후로 내내 저렇답니다. 둘 사이가 참 좋았거든요."

없어졌다는 말을 듣고 나는 그 언니도 가출했나 싶었더니 그게 아니라 프랑스로 유학을 갔다고 했다. 제과학교에 다닌다고 한다.

"엄마를 닮았나 보네요."

마누엘이 말했다.

"여기 식당에서 나오는 디저트는 전부 당신이 손수 만드는 거라고 아까 페르낭이 가르쳐줬어요."

플라비아가 어깨를 으쓱해 보였다.

"어머니한테 배운 거예요. 저는 초보나 다름없지만, 제 어머니는 지금도 에보라에서 제과점을 하고 계세요. 그러니까 아말리

142

아는 저를 닮았다기보다 할머니와 같은 길을 선택했다고 봐야 죠."

그 아말리아가 유학 간 이후, 엘레나는 투숙객들의 차량에 몰래 숨어 들어가서 도망치려는 시도를 되풀이 하고 있다고 한다.

방으로 돌아와 샤워를 마치고 나니 오후 다섯 시였다. 태양은 자포자기라도 한 양 빛의 입자를 흩뿌려대고, 더위는 전혀 누그러질 기미가 없었다.

우리는 첫 끼니를 몬사라즈Monsaraz 마을 어귀에 있는 작은 레스토랑에서 먹을 예정이었다(이번 여행은 마누엘 말에 따르면 '미식 여행'이기도 해서 '알렌테주의 명물 요리'를 모두 먹어보기 위해 미리 알아보고 예약까지 해두었다).

레스토랑 예약 시간이 8시였기에 그동안 마누엘은 낮잠을 자고 나는 숙소 주변을 산책하면서 시간을 보내기로 했다.

숙소 부지 안은 마치 비밀의 화원 같았다. 무리 지은 야생 엉 겅퀴가 꽃을 피운 모습 그대로 말라 죽어 있는 곳이 있는가 하면 덩굴장미가 꽃이 만발한 가지를 비 오듯 드리우는 곳도 있고, 우람한 아카시아 나무가 희고 작은 꽃들을 흩뿌리는가 하면 파랗고 빨간 화려한 색깔의 접시꽃들이 선 채로 햇볕에 시달려 허덕이듯이 피어 있기도 했다. 갑자기 벤치가 눈에 띄는가 싶더니 망

가진 그네며 아직은 멀쩡해 보이는 미끄럼틀도 나타났다. 이끼 색으로 탁하게 물든 연못은 갈대로 둘러싸이고, 그 갈대밭 사이로 이름은 모르지만 무슨 중국 요리 식재료처럼 보이는 오렌지 색 꽃이 얼굴을 내보이고 있었다.

벌레 퇴치용 스프레이를 방에 두고 온 것이 아쉬웠지만, 그래도 나는 이 저녁의 산책을 즐겼다. 여기는 확실히 이국적인 장소였다.

수영장에 다다른 것은 우연이었다. 작은 헛간 같은 오두막—벽에 온도계가 걸려 있었는데 기온이 아직 32도나 되었다—뒤로 돌아가는 게 우리 방으로 가는 지름길인 것 같아서 그리로 갔다. 하지만 그곳에는 생각지도 못한 장애물이 있었다. 울타리도 철망도 없는데 느닷없이 시원스런 물이 가득 찬 수영장이 나타났다.

"하이!"

수영장 가장자리에 다리를 쭉 뻗고 앉아있던 스무 살쯤 되어 보이는 여자가 나를 알아채고 생긋 웃으며 말했다.

"수영하러 왔어요?"

영어였다. 새빨간 비키니 수영복을 입고 있었다. 만약 여기서 아니라고 말한다면 볼일도 없는데 훔쳐보러 온 수상한 남자로

오해받을 수 있다. 퍼뜩 그런 생각이 들어서 나는,

"네. 하지만 괜찮아요. 다음에 하죠."

라고 영어로 대답했다.

"어머, 괜찮아요. 우리는 그만 나가려던 참이었으니까."

그렇게 말하고 일어난 그녀는 황당하게도 내 눈 앞에서 비키니 수영복 팬티의 엉덩이 부분에 손가락을 걸어 탁 소리 나게 튕기며 매무새를 고치더니,

"더그! 그만 나와! 새 손님 오셨어!"

하고 남자―거대한 튜브에 엉덩이를 쑥 집어넣은 채 아기처럼 손발만 내놓고 수영장 한복판에 둥둥 떠 있는―를 향해 소리쳤다.

"아니, 진짜 괜찮아요."

나는 그렇게 말하고 도망치듯 그 자리를 떠났다. 밋밋한 몸매의 그녀는 방금 목욕시킨 강아지처럼 온몸이 젖어 있었다.

저녁을 먹으러 나왔을 무렵에는 바람이 시원해져 있었다. 높은 지대에 자리한 그 레스토랑은 외관부터가 호젓하면서도 세련되었으며, 파르스름하게 저물어 가는 여름밤 속으로 유혹하는 듯한 불빛이 창문 사이로 흘러나오고 있었다.

"도시랑 다르게 이 동네는 차 댈 데를 찾느라 애먹을 일이 없어서 좋네."

마누엘이 그렇게 말하면서 차 키를 뽑아 주머니에 넣었다. 가게 바로 앞의 돌 깔린 광장에 우리 차 한 대만 덩그러니 서 있었다.

가게 문을 열자 깨끗한 식탁보와 따뜻한 빵, 여러 가지 허브가 뒤섞인 냄새가 났다.

"그 여자, 분명 비치bitch. 암캐일 거야."

수영장에서 있었던 일을 여기로 오는 차 안에서 내가 이야기한 참이었다.

"어딘지 모르게 천박한 느낌이 났거든. 아직 젊은데. 말이 젊지, 거의 어린애처럼 보였는데 말이야."

안내받은 테이블에 앉아 우선 맥주부터 주문했다.

"남자 쪽은 나이가 꽤 들어 보였어. 머리도 벗겨지고 살도 좀 늘어지고."

"봤어야 하는데."

우습다는 듯이 마누엘이 말하기에 나는

"뭘?"

하고 물었다.

"뭐긴 뭐겠어, 그 남자가 튜브에서 엉덩이를 빼내는 장면이지."

그 광경을 상상하고 우리는 히죽거리며 웃었다. 고상한 취미라고는 할 수 없지만 이건 우리가 평소에 즐기는 오락이다. 이를테면 다른 사람을 관찰하고 비평하는 것이다. 멋있다느니 못 봐주겠다느니, 행복해 보인다느니 꿀꿀해 보인다느니.

리스본에서도 해 질 녘 카페의 테라스석에 진을 치고 앉아 우리는 종종 이런 오락을 즐긴다. 맥주잔을 한 손에 들고 소금물에 데친 달팽이 요리를 집어먹으면서. 한자리에 가만히 앉아 있노라면 참으로 다양한 사람들이 지나간다. 노인, 어린아이, 관광객, 떠돌이 개, 길고양이. 가족, 학생, 샐러리맨, 경찰관, 상점 주인, 부부, 친구, 연인. 사람들(또는 동물들)을 바라보면서 나는 이따금 상상한다. 나와 마누엘은 우리를 모르는 사람들 눈에 어떤 모습으로 비칠까, 하고.

저녁식사는 나무랄 데 없었다. 생햄, 참치와 콩으로 만든 샐러드, 이 지방 명물이라는 돼지고기 스튜와 양고기 스튜를 우리는 죄다 깨끗이 먹어치웠다. 작은 창문으로는 푸른색에서 군청색, 군청색에서 칠흑으로 서서히 변해가는 하늘과 건너편 기슭에 있는 스페인 거리의 불빛, 호수와 그 수면에 비친 불빛이 보였다.

"입가심으로 한 잔 마셔."

마누엘이 말했다.

"됐어. 어차피 숙소 가면, 거기 바에서 마실 거잖아?"

운전할 것을 생각해서 처음에 마신 맥주 한 잔 이후로는 나나 마누엘이나 탄산수만 곁들여 식사를 했다. 마누엘은 내 말은 들은 척도 않고(늘 그렇다) 내 몫으로 티탄설탕이 든 리큐르을 한 잔 주문해버렸다.

"창밖을 보느라 정신없던데? 그렇게 넋을 잃고 볼 만큼 아름다운 경치는 술과 함께 몸 안에 잘 넣어둬야 하는 거야."

친구들은 마누엘을 가리켜 알코올 중독 직전에 있는 애주가라고 하지만, 전혀 그렇지 않다는 것을 나는 안다. 마누엘이 실제로 좋아하는 것은 술이 아니라 술자리다. 그곳에는 대화가 있고 침묵이 있고, 사람이 있고, 인간관계가 생겨난다(또는 무너진다). 시간이 특별한 방식으로 흐르기에 그 자리에는 이미 사라지고 없는 사람들이며 기억들이 존재하기도 한다. 마누엘은 그런 자리가 좋아서 바텐더가 되었을 거라고 나는 생각한다.

일하고 있는 마누엘의 모습을 바라보는 것이 예전에는 정말 좋았다. 군더더기 없는 움직임과 냉정한 시선, 솔직하면서도 예의를 잃지 않는 말씨. 프로다운 표정으로 숨기고는 있지만 마누엘은 손님 한 사람 한 사람, 하룻밤 하룻밤을 진심으로 즐기고 있다. 가게에 왔던 여행객을, 돈이 없다거나 묵을 곳이 없다는 등의 이유로 우리 집에 데려온 적도 여러 번 있었다. 내가 불평하기 전까지만 해도(나는 속 좁고, 편협하고, 음울하고 질투심 많은 루이스다).

나는 티탄을 두 모금 만에 비웠다.

"봐봐, 저거."

숙소로 돌아가는 길 중간쯤 왔을 때였다. 마누엘이 속도를 늦추면서 차 안이라 우리 말고는 들을 사람이 없는데도 목소리를 낮춰 그렇게 말했다.

"뭘?"

가로등도 띄엄띄엄 있는 산길이다 보니 어두워서 잘 보이지도 않았다.

"오른쪽, 어, 지나쳐버리겠다."

웬일로 당황한 목소리로 말하면서 마누엘은 거의 멈추다시피 느릿느릿 운전했다.

"우와, 뭐지 저게? 멈춰봐, 좀 더 자세히 봐야겠어."

"안 돼. 그건 실례지."

지나치고 나서 한동안 둘 다 입을 열지 않았다. 하지만 그 광경은 내 망막에 또렷이 새겨져버렸다.

"대체 뭘 하는 거지? 저런 데서."

우리가 본 건 할머니들이었다. 어쩌면 그중에는 할머니라고 하기에는 아직 젊은 사람도 섞여 있었을지 모르지만 아무튼 전체적으로는 할머니들이었다. 여덟 명이었다. 전깃줄에 내려앉은 비둘기들처럼 여덟 명이 나란히 벽에 기대어 서서 그저 가만히 앞쪽을 바라보고 있었다.

"바람 쐬러 나왔나?"

"이 시간에?"

"동네 반상회라도 하나 보지."

"일렬로 나란히 서서, 같은 방향을 보면서?"

내가 놀란 이유는 그 사람들이 모두 인형처럼 보였기 때문이다. 그 자리에는 움직임이라는 것이 없었다. 반상회라고 한다면 묵언회의라고 봐야 한다. 모두가 비슷비슷한 날염원피스를 입고 있었다. 앞치마를 두르고 안 두르고의 차이는 있었지만, 하나같이 낡고 빛이 바래기는 했어도 밝은 색조의—바로 오늘 낮에 엘레나가 입고 있었던 것 같은—원피스였다.

"신기한 걸 봤네."

내 말에 마누엘도 고개를 끄덕이며 동의했다.

"재미있다."

"응. 되게 흥미로운데?"

조용한 마을이다. 레스토랑을 나와 숙소에 도착할 때까지 우리는 그 여덟 할머니 외에는 아무도 보지 못했다.

이튿날 아침, 눈을 떠보니 마누엘은 이미 일어나 테라스에서 담배를 피우고 있었다.

"잘 잤어, 우리 뚱땡이?"

러닝셔츠에 팬티 바람으로 일어난 나를 놀려댔다.

"얼른 옷 갈아입어. 엄마한테 야단맞겠다."

나는 대답 대신 마누엘의 엉덩이를 움켜잡고는 피우고 있던 담배를 빼앗아 한 모금만 빨고 돌려주었다. 오늘도 눈부시게 덥다. 맨다리에 뭔가 촉촉하고 부드러운 감촉이 느껴져 아래를 보니 파랗고 커다란 나팔꽃이었다. 벽을 따라서 땅바닥을 메우듯 수도 없이 피어 있었다. 보드라운 꽃잎의 감촉.

"관광하기 딱 좋은 날씨네."

마누엘의 그 말에 나는 몸서리를 쳤다. 옛날부터 관광이라는 단어에 알레르기가 있다.

"와인 농장이랑 올리브유 제조장 중에서 어디가 좋아? 양쪽 다 견학 및 시음 가능."

마누엘은 개의치 않고 말을 이었다.

"아, 돼지를 직접 만져볼 수 있는 농장도 있어."

"그거 좋네."

대답은 그렇게 했지만, 나는 지금껏 살면서 돼지를 만져보고 싶다고 생각한 적은 단 한 번도 없다.

"샤워하고 올게."

나는 그렇게 말하고 에어컨이 켜진 실내로 돌아왔다.

식당에는 커피 향이 감돌았다. 페르낭은 객실이 다 찼다고 했는데 우리 말고 손님은 한 팀밖에 없었다. 많이 지쳐 보이는 중년 부부였다. 둘 다 아무 말 없이 앉아 나이프가 접시에 닿는 소리만 내고 있었다.

식당 가장자리에 놓인 묵직한 테이블 위에 햄과 치즈, 시리얼, 과일, 요구르트 따위가 놓여 있었다. 컵에 커피와 우유를 따르고 나는 배와 요구르트를, 마누엘은 빵과 치즈와 햄을 접시에 담아 자리로 돌아왔다.

"없네."

조금 실망하여 내가 말했다. 어제 수영장에서 본 여자와 튜브를 타고 앉아 있던 '더그'를 마누엘에게 보여주고 싶었기 때문이다. 얄팍한 종이 냅킨을 펼치고 두툼한 컵에 담긴 커피를 한 모금 마셨다. 나는 같은 사물을 같이 본다는 것을 중요하게 생각한다. 서로 다른 사고가 서로 다른 육체에 갇혀 있는 서로 다른 두 사람이, 같은 시간 같은 장소에서 같은 사물을 본다는 것을.

무디다 못해 재미있다 싶을 만큼 날이 안 드는 나이프로 내가 배를 깎느라 악전고투하고 있는 사이, 마누엘은 중년 부부와 인사를 나누었다. 늘 있는 일이다. 빵을 하나 더 가지러 갔던 마누엘이 마침 고물 토스터기 안에 껴 있던 중년 부인의 빵을 꺼내준 것이 계기가 된 모양이다.

"꼭 한번 가봐요."

남편이 열심히 말했다.

"정말 좋은 가게예요, 가격도 양심적이고."

마누엘은 접시를 들고 선 채 아주 흥미롭다는 듯이 경청하고 있었다.

"아는 사람이 있는데, 그 사람한테 부탁하면 알아서 잘해줄 거예요. 연락처 줄까요?"

자리에 앉아 빵을 입에 넣으며 냉랭하게 남편을 지켜보고 있던 부인이 아무래도 좀 과하다 싶었는지 남편을 말렸다.

"여보, 괜히 부담주지 마요."

남편의 얼굴도 보지 않은 채 그렇게 말하고는 그대로 식사를 계속했다. 무표정하게 허공을 바라보며.

"뭐, 갈 생각이 있다면 그러란 얘기지."

기세가 꺾인 듯 남편의 목소리가 잦아들고, 그렇게 이야기가 끝나는 것처럼 보였다.

"두 분은 어디서 오셨어요?"

하지만 놀랍게도 마누엘은 그렇게 물었다. 아직 할 이야기가 더 남았다는 건가?

나는 배를 다 먹고 끈적거리는 손을 구깃구깃한 종이 냅킨으로 닦았다. 남은 커피를 마저 마시고 자리에서 일어나 마누엘을 남겨둔 채 식당을 나왔다.

본채 바로 바깥에 엘레나가 있었다. 한 손에 토끼 인형을 들고 쭈그려 앉아 반대편 손에 든 막대기로 땅바닥을 툭툭 치고 있었다.

"개미집이니?"

내 물음에 엘레나는 고개를 들었지만 대답은 없었다. 하는 수 없이 나는 그냥 지나쳐가려고 했다.

"어제, 안 왔던데."

돌아보자 엘레나는 더 이상 쭈그려 앉아 있지 않았다. 막대기와 인형을 양손에 늘어뜨린 채 마치 화가 난 듯 우뚝 서 있었다.

"어제? 어디에?"

내가 이 아이와 무슨 약속을 했던가? 그런 기억은 없었지만 일단 물어보았다.

"디너에."

엘레나는 선언하듯 무게 있게 말했다. 디너?

"저녁에 밥 먹으러 식당에 안 왔다는 소리야."

말귀 못 알아듣는 학생에게 설명하듯 엘레나가 다시 말해주었다.

"여기 묵는 사람들은 다 오는데."

"다?"

그건 거짓말이지 싶었다. 숙박료에 포함되는 건 조식뿐이고, 방에서 취사를 할 수 있게 부엌 시설도 마련되어 있다. 어디서 밥을 먹든 손님 마음일 텐데.

"적어도 첫날 저녁은 그렇다고."

엘레나는 다시 설명하고, 나는 마땅한 대답이 떠오르지 않았다. 같이 온 파트너가 맛집 소개 책자며 인터넷으로 이것저것 알

아본 결과 이 집 식당은 우리 일정에서 제외되었다. 그렇게 말할
순 없었다.

엊저녁에 정원용 가위로 꽃을 자르고 있던 엘레나의 모습이
떠올랐다. 그것이 이 아이의 '일'이라고 말하며 미소 짓던 플라
비아도.

"너희 엄마, 아주 매력적인 분이더라."

어느새 내 입에서는 그런 말이 나오고 있었다.

"게다가 널 무척 아끼시던데."

엘레나는 이상하다는 표정을 지었다.

"물론 우리 엄마는 매력적이지."

뭘 그리 당연한 걸 말하냐는 투였다.

"아저씨, 어디서 왔어?"

엘레나가 갑자기 화제를 바꿨다.

"리스본. 가본 적 있니?"

엘레나는 그 물음에는 대답하지 않았다. 머릿속에서 생각을
하는 작은 톱니바퀴가 바쁘게 돌아가는 모습이 보이는 듯했다.
나는 웃음이 나오려는 것을 꾹 참았다.

"안 돼, 우리 차에는 절대 못 태워줘."

아이는 불만스러운 표정을 지었고, 나는 뭔가 이상하다는 생

각이 들었다. 엄마를 좋아하고 자기 집 식당의 디너에 적잖은 자부심을 갖고 있는 아이가 무엇 때문에 가출을 하려는 걸까?

주차장 옆에서 스프링클러가 돌아가고 있다. 꿈틀거리는 호스와 반짝이는 물보라, 나무들이 만드는 짙은 그림자. 나는 물보라로 피부 표면의 온도를 조금 식힐 생각에 그쪽으로 향했다.

얼마나 지났을까? 잔디 냄새와 은은한 물소리, 햇살, 그것이 물에 반사되어 생겨나는 무지개, 벌들이 내는 졸린 듯한 날갯짓 소리, 아지랑이 피어나는 대기에 번지는 듯한 꽃들의 색채. 목가적인 한때를 만끽하고 방으로 돌아오자 마누엘이 멍하니 텔레비전을 보고 있었다.

"어디 갔었어?"

딱히 기분이 상해서 묻는 것 같지는 않았다. 나는 내가 기분이 상해서 나갔던 사실이 기억났다. 그리고 마누엘이 또 남한테 그 시원하게 웃는 얼굴을 보인 것이며, 상대가 어떤 놈이건 가리지 않고 상대하는 마누엘이 가끔씩 그대로 침대까지 같이 가버리는 버릇이 있다는 것(그것이 지난번 말다툼의 원인이었다. 원인이 아니라 직접적인 계기라고 해야 할지도 모른다. 한두 번 있었던 일이 아니니까)까지 기억나고 말았다.

"그 사람들도 리스본에서 왔대."

질문을 해놓고 내 대답도 듣기 전에 마누엘이 딴 이야기를 꺼내기에 나는 더욱 기분이 상했다. 왜 안 그렇겠는가. 어디 갔었냐고 묻지만 정작 내가 어디 갔었는지 따위는 안중에도 없는 거다.

"그 두 사람, 결혼한 지 몇 년이나 됐을 것 같아?"

"몰라."

내가 대답했다. 남들이 결혼 몇 년째건 그게 나랑 무슨 상관인데.

"2년째래. 흥미롭지 않아? 2년째면 아직 신혼이나 다름없는데 전혀 그렇게 안 보이잖아. 남자는 세 번째 결혼이라는 것 같던데……."

"모른다니까!"

나는 고함을 질렀다.

"대체 왜 그렇게 사방팔방 모든 일에 관심을 가져야 하는데?"

마누엘은 의자에 앉은 채 어리벙벙한 표정으로 나를 올려다보았다.

"왜 그래? 왜 화를 내는데? 난 그저 그 부인의 토스트를……."

말하다 말고 입을 다문다. 갑자기 그 눈에 이해의 빛이 떠오른다. 또 시작이군, 하는 표정이다.

"루이스, 날 좀 믿어주라. 상대는 중년의 신혼부부잖아. 내가 대체 뭘 어쩐다고 그래."

"하지만 테오필로하고는 잤잖아."

나는 마누엘이 가장 최근에 바람피운 상대의 이름을 입에 올렸다(하긴 테오필로는 신혼의 신랑은 아니었지만 나이는 다 그만그만했다).

"내 눈앞에서 처음 만난 놈이랑 키스한 적도 있고."

이래서는 말다툼이 또 되풀이되겠다 싶으면서도 내 입에선 말이 봇물처럼 쏟아져 나왔다.

"제발 그러지 좀 말라고 내가 부탁했지. 정중하게 부탁했잖아. 하지만 넌 그 후로도 또 그 독일인 관광객이랑……."

내 목소리뿐만 아니라 입술도 떨리고 있었다. 그런데도 말이 자꾸만 제멋대로 입에서 굴러 나왔다.

"다 딱 한 번 그랬던 거잖아. 파트너십과는 전혀 다르다고."

마누엘이 말했다. 그건 지난번에도 들었던 대사이고 그때와 마찬가지로 이번에도 진실되게 울렸다.

"그래도 싫어!"

나는 말을 내뱉고 텔레비전과 마누엘 옆을 지나쳐 침실로 갔다. 풀썩 소리를 내며 침대에 엎어졌다. 집으로 돌아가고 싶다. 중년의 신혼부부 따위 꼴도 보기 싫고, 관광이고 뭐고 다 귀찮다.

더위도 전원 풍경도 아주 지긋지긋하다.

"루—이—스!"

이름이 불려도 나는 얼굴을 들지 않았다.

"루—이—스."

절대로 들지 않을 거야. 침대가 흔들리더니 마누엘이 내 위로 엎어진다. 그래도 내가 꼼짝 않고 엎드려 있자 마누엘이 내 몸을 흔들기 시작한다.

"하지 마."

내가 웅얼거린다.

"하지 말라니까."

저항해도 소용없다. 내가 자기를 이해한다는 사실을 마누엘은 알고 있고, 그걸 마누엘이 알고 있다는 사실까지도 나는 알고 있으니까.

우리는 그대로 그렇게 딱 달라붙어서 점심때까지 잤다.

결국 늘 이렇게 되고 만다. 돼지 똥과 흙이 거의 하나가 된 땅바닥을, 악취를 못 느끼는 척 마누엘과 나란히 걸으면서 나는 내가 뭘 원하는지 모르겠다는 생각을 또 한다. 마누엘을 속박하는 것인지, 반대로 마누엘에게 속박당하는 것인지.

이곳에는 햇살을 가로막는 것이 전혀 없다. 부끄러워질 정도로 파란 하늘이다. 보이는 것이라곤 흙과 똥과 풀과 상수리나무뿐. 울타리 안에도 바깥에도 돼지들이 있지만 그 외에는 우리밖에 없다. 기분이 좋아질 정도로 고독하다.

"의외로 깨끗하네."

무슨 뜻으로 그런 말을 하는지 알 수 없었지만 마누엘은 감탄한 투로 말했다. 돼지들은 하나같이 진흙투성이인 데다가 그 진흙이 바싹 말라 있어서 가루가 내려앉은 회색으로 보였다.

"뭐, 건강해 보이긴 하네."

방목을 하고 있어서인지 어느 돼지건 살이 탄탄해 보이는 몸매였다. 그런 돼지들의 형태가 내 눈에는 무척 아름다웠다.

돼지들은 나무 그늘에 누워 있거나, 바닥에 떨어진 무언가를 주워 먹기도 하고, 복작복작 모여 있기도 했다. 호기심이 강한 몇 마리는 콧김을 내뿜으며 우리 쪽으로 다가오기도 했지만 절대 가까이 오지는 않았다(현명한 판단이라고 나는 생각한다).

"이리 와. 자, 이리 와봐, 이리."

마누엘은 디지털 카메라로 어떻게든 가까이서 돼지를 찍으려고 애쓰고 있었다. 리스본에 돌아가 단골손님이나 동료들에게 보여주고 싶은 거겠지.

지금 이렇게 여기 있으면서 여기가 아닌 다른 장소며 시간을 생각하고 있는 마누엘이 나를 더욱더 고독하게 만들었다.

나는 배낭에서 수첩과 볼펜을 꺼내 돼지를 스케치했다. 그 아름다운 형태와 익살스럽고 재미있는 모습을.

돼지들과 한때를 보낸 후, 우리는 스페인과 포르투갈 국경 근처까지 차를 몰았다. 끝없이 이어지는 외길인데 양쪽에는 바위와 선인장이 점재하는 들판이 펼쳐지고 그늘이라곤 없었다. 마누엘은 에어컨을 최대로 올리고, 유비포티UB40. 영국의 레게 밴드의 음악을 술 취한 10대들이 탄 차에서나 어울릴 것 같은 볼륨으로 틀었다.

"까줘."

종이봉투를 내 무릎에 올려놓는다.

"어떤 거?"

스니커즈, 에너지 바, 포테이토 칩, 오렌지.

"포테이토 칩."

나는 그것을 꺼내 봉지를 뜯었다. 우리는 페트병에 든 미지근한 물과 함께 간편한 스낵 과자를 먹어치웠다. 차 안이 기름과 소금 냄새로 가득 찼다. 음악에 맞춰 처음에는 고개만 살짝살짝 흔드는 정도였는데 점차 목소리도 동작도 커지는가 싶더니 급기야 둘 다 상체를 앞뒤로 뒤흔들며 'CHERRY OH BABY'를 목청껏 외치고 있었다. 그늘이 없는 외길이어서였는지도 모르고 여행이 주는 불안정한 느낌이나 고양감 때문이었는지도 모른다. 아니면 혼란스럽거나 초조해서였는지도. 이유야 어떻든 우리는 소리를 지르고 머리를 흔들며 밀려오는 절정을 참아낼 때와 같은 표정으로 리듬에 몸을 맡긴 채 대화를 대신하려 했다.

숙소로 돌아왔을 때는 저녁 무렵이었다. 햇살은 아직 한창 내리쬐고 있었다. 저녁 햇살이 한낮보다 옅은데도 어째서 더 강하게 느껴질까. 공간 구석구석까지 비집고 들어가 반짝이는 입자로 가득 채우는 느낌이 드는 이유는 뭘까.

마누엘이 한 바퀴 달리고 오겠다며 나갔기에 나는 텔레비전을 보면서 그가 돌아오기를 기다렸다.

저녁 식사는 무척 호화로웠다. 드넓은 와인 농장 안에 있는 정원 딸린 레스토랑을 마누엘은 꽤 오래전에 예약을 해둔 모양이었다. 가게 안은 흰색과 갈색으로 통일되어 있었고, 벽은 거울이었다.

"비싸 보이는 집이네."

내 말에 마누엘은 늘 그랬듯이—내가 불안해하거나 안절부절못할 때면 늘 보여준다는 뜻이다—, 이 세상에 그의 옆자리보다 더 안심할 수 있는 곳은 없다고 생각하게 만드는 웃음을 보이며

(그것은 충분히 위력을 발휘했다),

"뭐 어때. 아무 문제없어."

라고 말했다.

빵을 찍어먹는 올리브유가 다섯 종류나 나왔다. 무언가의 무슨 무슨 소스, 무엇 무엇을 곁들였다는 식의 복잡한 이름이 붙여진 요리가 몇 가지 나오고 난 후 등장한 메인 요리는 스테이크였다.

"뭐 어때. 아무 문제없어."

나는 그 말이 마음에 들어서 새로운 요리가 나올 때마다 입에 올렸다. 마누엘도 같이 따라 말한 걸 보면 자기 딴에도 마음에 들었던 모양이다. 이 레스토랑에서는 요리가 하나씩 나올 때마다 거기에 맞는 와인이 딸려 나온다(되게 있어 보이는 척하네, 하고 나는 생각했다). 마누엘이 그 모든 와인을 한 모금씩 '맛만 보기로' 결정했을 때에도 나는 물론,

"뭐 어때. 아무 문제없어."

라고 말했다. 이렇게 해서 이 말은 그날 밤 우리의 암호가 되었다. 암호! 어렸을 때부터 나는 그게 너무 좋았다. 나와, 내가 믿을 수 있는 누군가하고만 통하는 말.

아마도 내 문제는—속 좁고, 편협하고 음울하고 질투가 심하

다는 것 외에, 라는 뜻이다—, 화가 오래가지 않는다는 데 있는지
도 모른다. 무언가의 무슨 무슨 소스에 무언가를 곁들인, 무슨 풍
어쩌고 하는 이름의 디저트까지 다 먹고(뭐 어때. 아무 문제없어)
레스토랑을 나올 즈음에는 난 이미 마누엘이 없는 인생은 얼마
나 따분하고 재미없을까 하는 생각밖에 할 수 없는 상태가 되어
있었다.

그리고 우리는 숙소로 돌아오는 길에 또다시 그 여덟 명의 할
머니를 목격했다. 어젯밤과 똑같은 자리에 똑같은 자세로 늘어
서 있었다. 똑같은지 어떤지는 모르겠지만 거의 비슷해 보이는
날염원피스에 비슷한 앞치마를 두르고.

마누엘은 휘파람을 휙 불었고 나는 눈을 휘둥그레 떴다.

"또 있어!"

마치 데자뷔 같았다. 밤의 어둠 속에서 드문드문 서 있는 가로
등 불빛과 우리 차의 헤드라이트에 비춰져 희미하게 떠오르는
여덟 명의 할머니들. 무슨 오브제 같다. 현대 미술의 전시물. 이
번에는 여덟 명 중 둘이 하얀 양말을 신고 있는 것까지 보였다.
한 줄로 서서, 역시나 모두 앞만 바라보고 있었다.

"매일 밤 모이나?"

"겨울엔 어떻게 하려나?"

"코트를 입고 나오지 않을까?"

우리는 억측을 늘어놓았다.

"그런데 역시 이야기하고 있는 것처럼 보이진 않았지?"

"응. 무표정에 아무 소리도 안 났어."

"모여서 이야기하는 게 목적이 아니라면 대체 뭘 하는 걸까?"

"다들 남편은 없나?"

의문만 있을 뿐 해답이 없는 대화가 되었다. 비포장도로를 덜컹거리며 나아가는 차 안에서 나는 그 할머니들의 대열에 같이 서게 되는 내 모습을 상상했다.

"바는 이미 닫혔겠지?"

마누엘이 말했다.

"방에서 마시면 되지, 카드게임이나 하면서."

우리는 그렇게 했다.

이튿날 아침에도 본채 앞에 엘레나가 있었다.

"올라, 엘레나. 올라, 포촘킨."

마누엘이 말했다. 그가 토끼 인형의 이름을 알고 있어도 나는 놀라지 않는다.

"올라, 마누엘."

웃음기 하나 없이 엘레나가 대답했다.

빈 병이 든 무거워 보이는 상자를 안아들고 뒷문으로 나온 여직원이 안녕하세요, 하며 우리에게 미소를 건넸다. 흰 옷을 입고 머리에 비닐 캡을 쓰고 있었다. 그 미소가 어쩐지 낯설지 않다 싶었는데 그녀가 다름 아닌 플라비아임을 알아차렸을 때는 이미 옆에 있는 오두막으로 그녀가 들어가버린 후였다.

"방금 그 여자, 플라비아였어?"

내가 마누엘에게 물었다.

"플라비아? 전혀 아닌데."

마누엘이 대답했다.

"엄마야."

엘레나가 말했다.

"엄마는 일 많이 해. 아빠는 안 하지만."

아닌 게 아니라 흡사 공장노동자처럼 보였다. 덧없이 아름답고 부유하고 슬퍼 보이는 주인마님이 아니라.

"아빠는 일을 안 해? 그럴 리가 있나."

마누엘이 말했다.

"그렇게 말하면 아빠가 불쌍하잖아."

온 동네 떠돌이 개들이 따라오고 싶어 할(내가 보기엔 그렇다)

그 표정과 목소리로.

하지만 엘레나에게는 먹히지 않았다.

"아저씨들은 정말 아무것도 모르네."

엘레나는 일어서서 옷에 묻은 흙을 털더니 무슨 중대한 비밀이라도 되는 듯이 목소리를 낮춰 말했다.

"여기는 알렌테주라고."

"하긴, 우리는 어차피 도시 쥐들이니까."

내 말에 엘레나가 어이없다는 표정을 지었다.

"도시? 리스본이? 파리 정도는 돼야 도시지."

오호, 지금 파리라고 했냐?

"거기가, 너희 언니가 있는 곳이니?"

내가 묻자 엘레나는 순간 놀란 눈치였으나 어떻게 그걸 아냐고 묻지는 않았다.

"덥네. 안으로 들어가자."

마누엘이 말했다.

"나웅Não(아니야)."

엘레나가 대답했다.

"아말리아가 있는 데는 리옹이야. 거기서 과자 만드는 공부를 하고 있거든. 하지만 아말리아는 파리를 좋아해. 거긴 뭐든지 다

있대. 특히 자유가."

마누엘이 씁쓸하게 웃었다.

"먼저 가 있을게."

그렇게 말하고서 내 어깨를 툭 치고 갔다.

이건 무척 드문 일이다. 볼일도 없으면서 남들과 이야기하고 싶어 하는 사람은 언제나 마누엘이었고, 그런 모습에 짜증을 내는 게 나였으니까.

"하지만 아말리아도 학교를 졸업하면 집으로 돌아올 거잖아?"

엘레나는 내 얼굴을 빤히 바라보더니,

"아저씨 생각에는 돌아올 것 같아?"

하고 물었다. 어쩐지 씁쓸한 목소리와 내게 처음으로 보여주는 그 나이에 맞게 어리고 불안해 보이는 표정으로.

"야, 있다 있어."

먼저 가 있는 줄 알았던 마누엘이 등 뒤에서 속삭였다.

"비치랑 더그. 아마 그 두 사람이 맞지 싶은데. 나란히 시리얼을 먹고 있어. 와봐."

비치와 더그는 구실일 뿐, 실은 나를 데리러 와준 것임을 알아챘다.

"그 여자 이름은 케이트야."

엘레나가 옆에서 단호한 어조로 말했다.

"케이트와 더글러스. 런던에서 왔어. 그 사람들은 부부가 아니니까 윤리적인 관계라고는 할 수 없지만, 그래도 케이트는 아주 좋은 사람이야."

나와 마누엘은 서로 쳐다보았다. 엘레나는 이 숙소의 정보통인 듯했다.

케이트와 더글러스는 구석 자리에 앉아 있었다. 시리얼은 이미 다 먹었는지 나란히 스크램블 에그를 먹고 있었다. 더글러스는 알로하셔츠에 반바지, 머리에 캉캉 모자까지 쓰고 있어서 솔직히 말해 얼간이처럼 보였다. 요구르트와 포도, 거기다 커피를 곁들인 아침을 먹으며 나는 그들의 빵이 고물 토스트기에서 나오지 않는 일이 없기를 기도했다.

귓가에서 바람이 윙윙 울어댔다. 차창을 활짝 열어젖힌 이유는 떠드는 것도 노래하는 것도 다 싫었기 때문이다. 그저 말없이 마누엘을 바라보고만 있고 싶었다.

우리는 높은 언덕까지 차를 몰고 가서 구시가지를 산책하고 돌아오는 길이었다. 구시가지는 아름다웠다. 지나치게 조용한 아름다움, 실재하지 않는 장소 같은 아름다움이었다. 모든 건물이 눈부실 정도로 하얗다. 그늘에서는 떠돌이 개가 자고 있었다. 그 외 다른 생물은 보이지 않았다. 가게(같아 보이는 것)도 있기는 했지만 전부 덧문이 잠겨 있었다. 죽은 듯이 조용한 개와 죽은 듯이 조용한 풍경.

우리는 걸었고, 마누엘은 여기저기서 사진을 찍었다. 둘 다 거의 말이 없었다. 목소리를 내면 무언가가 사라져버릴 것만 같은 기분이 들었기 때문이다. 돌계단에 앉아 미지근한 물을 마시고, 점심 삼아 오렌지를 먹었다. 마누엘이 까주었기에 마누엘의 손가락에서 오렌지 냄새가 났다. 다 먹고 다시 걷기 시작한 후로도 나는 몇 번이고 그 손가락을 내 코끝으로 가져와 냄새를 맡았다. 만약 지금 내가 여기서 이별을 고한다면 마누엘은 어떻게 나올까 생각하면서(하지만 그런 상상이 이제는 별로 슬프지 않았다. 왜 그런지 몰라도).

"창문 닫는다."

마누엘이 그렇게 말하는 동시에 창문을 닫았다. 장난치고 싶은 기분이었던 나는 창문이 다 닫히기를 기다렸다가 다시 열었다. 마누엘이 다시 닫고 내가 또 다시 열었다.

"루―이―스―"

어린 아이에게 경고하듯이 마누엘이 내 이름을 불렀다.

"마ㅡ누ㅡ엘ㅡ"

나도 흉내 내어 불렀다. 창문이 닫히고, 다시 열린다. 창문이 닫히고, 또 다시 열린다.

"여기 있었네."

우리가 서로 자신의ㅡ그리고 상대방의ㅡ감정을 받아들이고 얼마 지나지 않았을 무렵, 마누엘은 내게 그렇게 말했다.

"상상도 못 했어. 이렇게 나랑 매사에 죽이 척척 맞는 상대가 이 세상에 있을 줄은."

그때 일을 떠올리며 나는 내가 행복과 불행을 제대로 구분하지 못하고 있다는 사실을 깨닫는다. 혹은 그런 구분에 아무런 의미가 없다는 것을 깨닫는다.

숙소에 돌아왔을 때는 4시가 조금 지나 있었다.

마누엘이 수영을 하고 싶다기에 우리는 남은 오후 시간을 수영장에서 보내기로 했다. 물은 따뜻했고, 벌이 수면에 닿을 듯이 낮게 날아드는 것만 빼면 기분이 아주 좋았다. 평영을 못하는 마누엘은 자유형으로, 자유형을 못하는 나는 평영으로 헤엄쳤다. 나무들 사이에서 새가 높은 소리로 삐익삐익 울고, 어딘가 보이지 않는 곳에서 잔디 깎는 기계가 낮게 웅웅거렸다. 우리는 헤엄치다가 쉬고, 쉬다가 다시 헤엄쳤다.

"오늘 저녁 식사 말인데."

햇살에 데워진 콘크리트 바닥에 배를 깔고 누워 내가 말했다.

"여기 식당에서 먹어보면 어떨까?"

"왜?"

옆에서 같은 자세로 엎드려 있던 마누엘은 얼굴만 내 쪽으로 돌리고 의아한 듯 물었다.

"딱히 이유가 있는 건 아니고, 그냥 그러고 싶어서."

엘레나에게 비난을 들은 탓인지, 머리에 비닐 캡을 쓰고 있던 플라비아 때문인지 나 자신도 알 수 없었다. 다른 식당을 예약해 두었다는 것을 알고 있었기에 마누엘에게 불평을 들을 각오는 돼 있었다.

"그러자."

예상을 깨고 마누엘은 선선히 승낙했다.

"그러고 싶다면 그렇게 해야지."

나는 살짝 맥이 빠졌다. 똑바로 돌아누워 저녁나절의―묘하게 반짝거리는―햇살을 팔로 가렸다.

"더운 곳이네."

"응. 더운 곳이야."

마누엘은 대답하고 나서 다시 물속으로 뛰어들었다. 물보라를 거의 일으키지 않으며 텀벙 하고 정어리처럼 가볍게.

식당의 저녁 식사 시간은 7시부터로 정해져 있었다.

"마치 무슨 기숙사 같네."

마누엘은 그렇게 말했지만, 흠을 잡는다기보다 재미있다는 투였다.

우리가 15분 늦게 식당에 가보니—샤워 후 내가 마누엘의 유혹에 굴복해버린 탓이었지만—삼대를 아우르는 가족 한 팀과 그 중년 신혼부부 중 남편만 혼자서 이미 식사를 하고 있었다.

"부인이 없네."

"도망갔나?"

우리는 물론 서로 소곤거렸다.

식당은 아침과는 다르게 보였다. 빳빳하게 풀을 먹인 식탁보, 따로 떨어져 있는 테이블과 그 위에서 흔들리는 촛불.

"어서 오세요."

우리를 맞아 준 플라비아는 걸을 때마다 옷자락이 흔들리는 부드러워 보이는 검은 원피스를 입고 있었다. 머릿결도 우아하게 물결치고 있었다. 오늘 아침에 본 여자는 역시 다른 사람이 아니었나 하고 의심하지 않을 수 없었다.

엘레나의 모습은 보이지 않았지만 꽃은 분명히 그 자리에 있었다. 촛불 때문에 흰색인지 연노랑색인지 분간이 안 되는 작고 가냘픈 들꽃이었다.

"오늘, 구시가지에서 말이야."

맥주를 마시고 올리브를 집어먹으면서 내가 말했다.

"너랑 헤어진다는 생각을 했어. 뭐, 진짜는 아니고 상상만 한 거지만."

침묵이 내려앉은 것은 고작 한순간뿐이었다. 마누엘이 놀란 얼굴을 한 것도.

"그래서?"

눈썹을 가볍게 치켜 올려 보이고 나서 마누엘은 다음을 재촉했다.

"그게 다야."

내가 대답했다. 별로 슬프지 않았다는 말은 하지 않았다. 오히려 자유롭고 용감한 기분이 들었다는 것도, 자유롭고 용감한 내 눈에 마누엘이 여전히 세상 누구보다도 혼자 내버려두면 안 될 남자로 보였다는 말도.

"내 목이 아직은 붙어 있다는 거네?"

마누엘은 유쾌한 듯이 말했다.

요리는 모두 소박하고 건강한 맛이 났다. 우유과자라고 부르고 싶을 만큼 신선한 염소젖 치즈라든지 푸성귀와 감자, 빵과 달걀이 들어간 채소 수프라든지.

내가 생각하기에 같은 음식을 같이 먹는다는 것은 의미 있는 일이다. 아무리 서로 살을 맞대는 사이라 해도 별개의 인격일 수밖에 없는 두 사람이 날마다 똑같은 음식을 똑같이 몸속에 집어넣는다는 행위는.

우리는 온전히 그렇게 했다.

그런데 식후에 나온 노란색 과자를 한입 먹고 나서 우리는 질겁했다. 완전히 당밀 그 자체였기 때문이다. 정신이 아득해질 정도로 달았다. 더구나 엄청나게 컸다. 나는 겁에 질린 마누엘을 보고, 마누엘은 겁에 질린 나를 보고 웃었다.

"재료 자체의 맛이 나네."

나는 솔직하게 감상을 말했다. 재료란 설탕을 두고 한 말이었다.

설탕과 달걀노른자, 거기에 설탕을 진하게 조린 당밀 맛이었다.

"철저하게 건강한 음식이네. 대지의 맛이야."

마누엘도 수긍했다.

"이걸 먹으려면 힘이 필요하겠어."

만약 마누엘이 곁에 있어주지 않았다면, 나는 플라비아의 '어머니에게서 물려받은 맛'이라는 그 과자 하나를 도저히 끝까지 먹지 못했을 것이다.

다 먹었을 즈음에는 뼛속까지 설탕조림이 된 기분이었지만 온몸이 건강해진 느낌도 들었다.

"난 네가 자랑스러워."

내가 말하자,

"나도 내가 자랑스러워."

하고 마누엘이 맞받았다. 정신을 차리고 보니 우리는 식당에 남은 마지막 손님이 되어 있었다.

다음 날 아침, 본채 앞에 엘레나의 모습이 없었다. 식당에서 먹은 저녁이 맛있었다고 전해주고 싶었기에 아쉬웠지만 개미들은 들쑤시는 사람이 없어서인지 마음껏 우왕좌왕하고 있었다. 오전 9시. 오늘도 땅바닥이 타들어갈 정도로 더운 날이 될 것 같았다.

우리는 아침을 먹고 방으로 돌아가 짐을 꾸렸다. 두꺼운 창유리 너머로 어느새 눈에 익은 녹음이 보였다.

우리는 아직 여기에 있는데—흐트러진 침대, 둘둘 말아놓은 목욕 타월, 에어컨의 냉기, 꽁초로 가득 찬 재떨이—벌써 여기에 없는 듯한 기분이 들었다. 혹은 애당초 여기에 있을 리가 없는데 어찌된 영문인지 등장하고 있는 듯한 느낌이었다.

이를 닦고 차에 짐을 실었다. 리스본 거리가 그리웠다. 아파트가, 카페가, 소금물에 데친 달팽이 요리와 노면전철이 그리웠다.

프런트에는 페르낭이 있었다. 본채 안은 우리가 도착했을 때와 거의 비슷하게 고요했다. 덧창문이 굳게 닫힌 바Bar는 물론이고 아침 먹은 자리가 흐트러져 있는 식당에도 인기척은 없었다.

"아, 잘 잤어요? 체크아웃하게요?"

페르낭이 발랄한 음성으로 말하며 컴퓨터 자판을 두드렸다.

"마누엘 브라가 씨? 3박 4일이네요. 편히 잘 지내셨나요? 아무 문제없었고요?"

"네, 그럼요."

마누엘이 대답했다. 덕분에 아주 쾌적하게 지냈다며 예의 바르게 덧붙였다.

"오늘은 따님이 안 보이네요?"

내가 옆에서 끼어들었다. 페르낭은 갑자기 컴퓨터가 말을 걸기라도 했다는 듯한 얼굴로 나를 보고는,

"엘레나요? 하여간 못 말리는 말괄량이라서. 오늘 아침 벌에 쏘이는 바람에 집사람이 병원에 데려 갔어요. 벌집 가까이 가면 안 된다고 누누이 일러두었건만……."

"개미가 아니라 벌이라고요?"

장황한 설명을 가로막으며 묻자 페르낭은 말하는 컴퓨터보다 더 기묘한 물체를 보는 듯한 눈으로 나를 보더니, 두 팔을 벌리고 말했다.

"벌이에요. 여긴 개미도 있지만 벌도 있으니까요."

"그래서, 괜찮은 겁니까?"

마누엘이 적절한 질문을 했다.

"괜찮다네요, 고맙습니다. 아까 집사람이 전화로 알려주더군요."

페르낭도 적절한 방식으로 대답했다.

"이곳에선 그리 드문 일이 아니에요. 그 애도 허구한 날 뭔가에 쏘이고 물리곤 하지요. 병원에 데려간 건 혹시 몰라서……."

신용카드 전표에 마누엘이 사인했다.

"손님들도 여행을 계속할 생각이면 조심하는 게 좋아요. 여기는—."

페르낭이 갑자기 말을 끊더니 실례, 하고 양해를 구하고 나서

재채기를 했다. 그런 다음,

"여기는 알렌테주니까요."

하고 말을 맺었다.

우리는 조심하겠다고 약속하고서 밖으로 나왔다. 밖에 나오자마자 마누엘이 담배에 불을 붙였다.

"좋─았어, 리스본으로 돌아간다!"

마누엘이 말했다. 나도 물론 같은 기분이었지만,

"잠깐 기다려봐."

하는 말을 남기고 본채로 돌아갔다. 배낭에서 수첩을 꺼내 돼지를 스케치한 페이지를 찢어 여백에 이름을 휘갈겨 썼다. 엘레나에게 전해달라고 페르낭에게 부탁했다. 틀림없이 페르낭의 눈에는 내가 말하는 컴퓨터보다 더 기묘하고 그보다 더 희한한 존재로 비쳤을 것이다.

잘 나간다고 하기는 어렵지만, 나는 그림을─구체적으로 말하면 상업 출판물에 일러스트를─그려 생계를 꾸리고 있다. 명함대신 두고 가면 언젠가─이를테면 엘레나가 가출에 성공한 날에라도─다시 만날 수도 있는 일이니까.

"취향 한번 특이하다, 나라면 플라비아가 더 나을 것 같은데."

마누엘이 아주 농담 같지만도 않은 투로 말했다.

주차장 옆에 높이 자란 잡초들 사이로 작은 꽃 몇 송이가 얼굴을 내보이고 있었다.

「늦여름 해 질 녘」은 원래 모 제과업체의 초콜릿을 구입하고 응모하면 받을 수 있는 책자에 싣기 위해 쓴 소설이었습니다. 말하자면 초콜릿의 '덤' 같은 것인데 제게는 특별한 명예였습니다.

「유가오」는 여섯 명의 작가가 겐지 이야기 현대어 역譯을 두고 경작競作한다는 신초샤新潮社의 기획에 따라 써 내려간 단편입니다. 무라사키 시키부라는 헤이안 시대 소설가의 지나치리만치 자유로운 영혼을 직접 만나볼 수 있어서 즐거웠습니다. 강렬한 이야기라고 생각합니다.

「알렌테주」는 실제로 포르투갈에 취재하러 갔다가 쓴 소설입니다. 물론 픽션이지만 예의 할머니들은 실제로 존재합니다.

단편소설을 쓴다는 것은 늘 여행과 비슷합니다.

에쿠니 가오리

짧지만 긴

여운이 남는 여행과도 같은 이야기

　가와바타 야스나리 문학상 수상작이자 표제작인 「개와 하모니카」는 공항의 국제선 도착 로비를 무대로 국적도 성별도 연령도 각기 다른 다양한 사람들의 다양한 이야기를 그리고 있습니다. 외국인 청년, 노부인, 소녀, 대가족 등 여러 인물별로 시점이 계속 바뀌고, 그러면서도 각 인물과 저마다의 사연이 어딘가에서 서로 맞물리면서 연결되어 가는 구성이 재미납니다. 마치 여러 대의 관찰 카메라를 설치해 놓고, 같은 시간 같은 장소를 공유하는 사람들의 움직임을 한자리에서 들여다보는 듯한 느낌도 듭니다. 뭔가 대단한 사건이 발생하는 것도 아니건만 오로지 문장의 힘만으로 높은 몰입도와 공감을 이끌어냅니다. 그 해의 가장 완성도 높은 단편 소설에 주어지는 최고의 상을 수상한 만큼 에쿠니 가오리 문학의 매력이 듬뿍 녹아 있는 작품입니다.

그 외 기존에 선보인 단편이며 새롭게 만나는 단편들이 함께 수록되어 있습니다. 애인에게 이별을 통보받고 상실감에 허덕이는 남자의 심경 변화를 그린 「침실」, 행복하지만 어쩐지 두려운, 달콤 쌉싸래한 사랑에 관한 감성을 표현하고 있는 「늦여름 해 질 녘」, 작은 거스러미를 안고 살아가는 부부의 불편한 행복을 그려낸 「피크닉」, 일본 최고의 고전 작품 『겐지 이야기』를 에쿠니 씨의 현대적인 언어로 풀어낸 「유가오」, 짧은 여행을 떠난 게이 커플의 엇갈리는 감정선을 그린 「알렌테주」. 특히 알렌테주는 개인적으로 여행에 대한 향수를 불러일으킨 이야기입니다. 뜨거운 태양, 먼지 이는 시골길, 께느른한 떠돌이 개 등 유럽의 한가롭고 나른한 정경이 왠지 모르게 편안함을 안겨줍니다. 「알렌테주」는 에쿠니 씨가 포르투갈에 취재하러 갔다가 쓴 소설이라는데 예의 할머니들이 실제로 존재한다는 것도 신기하지만, 고물 토스트기에 낀 빵을 꺼내지 못해 곤란해하는 여성의 모습도 실제로 호텔에서 목격했다고 합니다. 그러고 보면 에쿠니 씨만의 감성과 문장의 힘은 단편소설에서 더욱 진가를 발휘하는 듯합니다. 장소가 있고 사람이 있으면 이야기가 만들어진다지만, 스쳐 지나기 십상인 일상의 조각들을 모아 매번 새로운 무언가를 이끌어냅니다. 결코 요란하지 않은, 에쿠니 가오리만의 간결한 언어로. 에쿠니 씨는 이번 단편집에 실린 여섯 이야기가 모두 여행과 닮아 있다고 말합니다. 확실히 그렇습니다. 짧지만 긴 여운이 남는 여행과도 같은 이야기들.

유가오를 제외하고는 뭔가 파격적인 사건이 일어나는 것은 아니고 개개인의 일상이 빠르게 혹은 느리게 흘러갈 뿐입니다. 그리고 그 근저에는 어김없이 찰나의 쓸쓸함과 고독이 자리하고 있습니다. 오롯이 혼자 감당해야만 하는, 어찌할 수 없는……

'시나는 자그마한 아이였지만, 몸의 크기와는 아무 상관없이 자신의 무게를 버거워했다. 무게—. 하지만 그건 나비 같은 무게였다. 푸르스름한 대기에 가뭇없이 녹아버릴 듯 가벼운. 그럼에도 분명 무게라고밖에 표현할 길 없는 것이었다. 자신이 세상에 실제로 존재한다는 것이 아직은 낯설었다. 바로 얼마 전까지만해도 몸무게 따위 갖고 있지 않았으니까.'

앞으로는 초콜릿이란 단어를 대할 때마다 어린 날의 시나가 떠오를 것 같습니다.

2018년 6월

신유희